D0645449

# Ferdinand von Schirach

# Crimes

*Traduit de l'allemand
par Pierre Malherbet*

Gallimard

*Titre original :*

VERBRECHEN

Ferdinand von Schirach, né à Munich en 1964, est avocat de la défense au barreau de Berlin depuis 1994. Parmi les clients qu'il a défendus, on trouve des personnalités politiques et industrielles, des espions, des célébrités et des anonymes. *Crimes*, qui lui a valu un succès foudroyant, est son premier ouvrage.

La réalité dont nous pouvons
parler n'est jamais la réalité en soi.

WERNER K. HEISENBERG

# LES POMMES

Toute sa vie, Friedhelm Fähner a été médecin généraliste à Rottweil, 2 800 attestations d'affiliation à une caisse maladie par an, cabinet dans la rue principale, président du Cercle culturel égyptien, membre du Lions club, aucune infraction, pas même une contravention. En plus de sa maison, il possédait deux immeubles de rapport, une Mercedes classe E, vieille de trois ans, intérieur cuir et climatisation automatique, environ 750 000 euros en actions et obligations et une assurance-vie. Fähner n'avait pas d'enfants. Une sœur de six ans sa cadette était la seule famille qui lui restait, elle vivait à Stuttgart avec son mari et ses deux enfants. Au fond, il n'y aurait rien eu à dire sur la vie de Fähner.

Hormis l'histoire avec Ingrid.


À vingt-quatre ans, lors du soixantième anniversaire de son père, également médecin à Rottweil, Fähner fit la connaissance d'Ingrid.

Rottweil est une ville très bourgeoise. On explique à chaque étranger que la ville, la plus vieille du Bade-Wurtemberg, a été fondée par les Staufer. D'ailleurs, on peut voir à Rottweil des encorbellements médiévaux et de belles enseignes en fer du xvie siècle. Les Fähner sont là depuis toujours. Ils comptaient parmi les premières familles de la ville, étaient des médecins reconnus, des juges ou des pharmaciens.

Friedhelm Fähner ressemblait au fils Kennedy. Il avait un visage aimable, on le tenait pour un homme insouciant, la chance lui souriait. Ce n'est qu'en y faisant plus attention que l'on remarquait dans ses traits un je-ne-sais-quoi de triste, un je-ne-sais-quoi de vieux, de sombre, ainsi qu'on le voit couramment dans cette région entre la Forêt-Noire et les Alpes souabes.

Les parents d'Ingrid, pharmaciens à Rottweil, emmenèrent leur fille à la fête. Elle était de trois ans l'aînée de Fähner ; une robuste beauté provinciale à la gorge lourde. Yeux turquoise, cheveux sombres, peau blanche — elle était consciente de ce qu'elle suscitait. Sa voix peu commune, haute et métallique, dépourvue de toute inflexion, irritait Fähner. Ses phrases n'avaient de mélodie que lorsqu'elle parlait doucement.

Elle n'avait pas fini sa scolarité professionnelle et travaillait comme serveuse. « C'est temporaire », avait-elle dit à Fähner. Ça lui était égal. C'est autre chose qui l'intéressait, et bien plus encore. Jusqu'à présent, Fähner n'avait eu que deux courtes relations sexuelles avec des femmes ; elles l'avaient plutôt mis mal à l'aise. D'Ingrid, il tomba tout de suite amoureux.

Deux jours après la fête, elle l'emmena pique-niquer. Ils étaient étendus dans un abri Stevenson et Ingrid connaissait son affaire. Fähner était sens dessus dessous, à tel point que dès la semaine suivante il la pria de l'épouser. Sans hésiter, elle accepta : Fähner était un beau parti, comme on disait ; il faisait sa médecine à Munich, il était attirant, aimant et il passait bientôt son premier examen. Par-dessus tout, c'est son tempérament sérieux qui l'attirait. Elle ne savait comment l'exprimer mais elle confia à une amie que Fähner ne la laisserait jamais tomber. Quatre mois après, elle vivait chez lui.


Pour leur voyage de noces, ils allèrent au Caire ; il l'avait décidé ainsi. Lorsque plus tard on lui posait des questions à propos de l'Égypte, il répondait : c'était comme « être en apesanteur », même s'il savait que personne ne le comprenait. Là-bas, il était le jeune Perceval, le chaste fol — il était heureux. Pour la dernière fois de sa vie.

Le soir du voyage de retour, ils étaient couchés dans une chambre d'hôtel. Les fenêtres étaient ouvertes, il faisait encore trop chaud, l'air stagnait dans la petite chambre. C'était un hôtel bon marché, ça sentait le fruit gâté et on entendait le brouhaha qui montait de la rue.

Malgré la chaleur, ils avaient fait l'amour. Fähner était allongé sur le dos et suivait les rotations du ventilateur au plafond, Ingrid fumait une cigarette. Elle se tourna sur le côté, la tête dans une main et le regarda. Il sourit. Longtemps, ils se turent.

Puis elle commença à parler. Elle parla des hommes d'avant Fähner, de déceptions et d'erreurs, mais, par-dessus tout, elle parla de ce lieutenant français qui l'avait mise enceinte et de l'avortement qui l'avait presque tuée. Elle pleurait. Il eut peur et la prit dans ses bras. Sur sa poitrine, il sentait le battement de son cœur, il était désemparé. Elle se confie à moi, pensa-t-il.

« Tu dois me jurer de prendre soin de moi. Tu ne dois pas me quitter. » La voix d'Ingrid tremblait.

Ça l'émut, il voulut la calmer, il l'avait déjà juré lors du mariage avec elle, il était heureux avec elle, il voulait …

Elle l'interrompit brusquement, sa voix se fit plus forte, elle avait pris à cet instant sa sonorité métallique, sans nuances. « Jure-le ! »

Et d'un coup, il réalisa. Ce n'était pas une discussion entre deux amoureux ; le ventilateur, Le Caire, les pyramides, la chaleur de la chambre d'hôtel — tous les clichés disparurent soudainement. Il l'écarta un peu de lui afin de pouvoir la regarder dans les yeux. Puis il le dit. Il le dit lentement et il savait ce qu'il disait : « Je le jure. »

Il l'attira de nouveau à lui et embrassa son visage. Ils firent l'amour, de nouveau. Cette fois, c'était différent. Elle était assise sur lui et en prenait ce qu'elle voulait. Ils étaient sérieux, étrangers l'un à l'autre et seuls. Lorsqu'elle jouit, elle le frappa au visage. Plus tard, il resta longtemps allongé, éveillé, le regard fixé sur le plafond. Il n'y avait plus d'électricité, le ventilateur ne tournait plus.

Sans surprise, Fähner fut reçu à ses examens avec les félicitations, il eut son doctorat et obtint son premier poste à l'hôpital du district de Rottweil. Ils trouvèrent un appartement, trois pièces, une salle de bains, vue sur l'orée du bois.

Une fois toutes les affaires emballées à Munich, elle jeta sa collection de vinyles. Il ne le remarqua qu'en emménageant dans le nouvel appartement. Elle dit qu'elle ne pouvait plus supporter ces vinyles, qu'il les avait écoutés avec d'autres filles. Fähner était furieux. Deux jours durant, ils ne se parlèrent quasiment pas.

Fähner aimait la clarté de l'appartement — elle le meubla de chêne et de pin, pendit des rideaux devant les fenêtres et acheta de la literie colorée. Il accepta même les dessous-de-plat brodés et les gobelets en étain ; il ne voulait pas la régenter.

Quelques semaines plus tard, Ingrid lui dit qu'elle était gênée de la manière dont il tenait ses couverts. D'abord, il en rit et pensa qu'elle était puérile. Elle lui adressa le même reproche le lendemain et les jours suivants. Puisqu'elle y accordait autant d'importance, il tint son couteau autrement.

Ingrid se plaignait qu'il ne descendît pas les poubelles. Il se convainquit que ça n'était que les désagréments des débuts. Sitôt après, elle lui reprocha de rentrer trop tard à la maison, de flirter avec d'autres femmes.

Les reproches furent toujours plus nombreux, il ne tarda pas à les subir quotidiennement : il était désordonné, il salissait ses chemises, chiffonnait le journal, sentait mauvais, ne pensait qu'à lui, ne disait que sottises et il la trompait. Fähner ne se défendait presque plus.

Au bout de quelques années vinrent les insultes. D'abord retenues, puis de plus en plus fortes. Il était un cochon, la torturait, il était un idiot. Puis on tomba dans un registre ordurier, dans les hurlements. Il rendit les armes. La nuit, il se levait pour lire des romans de science-fiction. Comme lorsqu'il était étudiant, il faisait tous les jours un footing d'une heure. Depuis longtemps ils ne faisaient plus l'amour. D'autres femmes lui tournaient autour mais il n'avait pas d'aventures. À trente-cinq ans il reprit le cabinet de son père, à quarante ans il était grisonnant. Fähner était las.

L'année de ses quarante-huit ans, son père mourut; l'année de ses cinquante ans, ce fut sa mère. Avec l'héritage, il s'acheta une maison à colombage en périphérie de la ville. Y attenaient un petit parc, des plantes vivaces qui n'étaient plus entretenues, quarante pommiers, douze châtaigniers, un étang. Le jardin fut une délivrance pour Fähner. Il fit venir des livres, s'abonna à des magasines spécialisés et lut tout ce qu'il y avait à lire sur les plantes vivaces, les étangs et les arbres. Il acheta le meilleur outillage, s'intéressa aux techniques d'irrigation et apprit tout cela avec la minutie systématique qui était la sienne. Le jardin fleurissait et les plantes vivaces furent si connues dans les environs que Fähner voyait entre les pommiers des inconnus les photographier.

Pendant la semaine, il restait tard au cabinet. Il était un médecin consciencieux et compatissant. Ses patients l'estimaient, ses diagnostics servaient d'étalon à tout Rottweil. Il quittait la maison avant qu'Ingrid ne se réveillât et n'y revenait qu'après 21 heures. Il supportait sans mot piper les dîners chargés de reproches. La voix métallique d'Ingrid débitait, phrase après phrase, sans inflexion, les attaques. Elle était devenue grasse, sa peau pâle avait rosi au cours des ans. Sa poitrine généreuse n'était plus ferme, un genre de barbillon s'était développé sur sa gorge, qui balançait en rythme avec les insultes qu'elle proférait. Elle souffrait d'orthopnée et d'hypertension. Fähner s'amincissait au fil des jours. Tandis qu'un soir il proposait, avec beaucoup de détours, qu'Ingrid se fît aider par un neurologue de ses amis, elle lui lança une poêle et hurla qu'il n'était qu'un porc ingrat.

La nuit précédant son soixantième anniversaire, Fähner était allongé, éveillé. Il était allé chercher la photo d'Égypte aux couleurs passées : Ingrid et lui devant la pyramide de Khéops, à l'arrière-plan des chameaux, des touristes bédouins et du sable. Lorsqu'elle avait jeté les albums photos de leur mariage, il avait récupéré cette photo de la poubelle et la conservait tout au fond de son armoire.

Cette nuit-là, Fähner réalisa qu'il resterait toujours prisonnier, jusqu'à la fin de ses jours. Au Caire, il avait donné sa parole. C'est précisément maintenant, dans les jours mauvais, qu'il devait l'honorer ; nulle promesse qui ne vaille que pour les bons jours. La photo s'estompa devant ses yeux. Il se déshabilla et se posta nu devant le miroir de la salle de bains. Il se regarda pendant longtemps. Puis il s'assit sur le bord de la baignoire. Pour la première fois de sa vie d'adulte, il pleura.

Fähner travaillait à son jardin. Il avait maintenant soixante-douze ans, il avait revendu le cabinet quatre ans auparavant. Comme à l'accoutumée, il s'était levé à six heures. Sans un bruit, il avait quitté la chambre d'amis — il l'occupait depuis des années. Ingrid dormait encore. C'était un lumineux matin de septembre. Le brouillard de l'aurore s'était retiré, l'air était clair et froid. Fähner sarclait à la bêche les mauvaises herbes entre les plantes vivaces d'automne. C'était un labeur pénible et monotone. Fähner était content. Il se délectait du café qu'il allait boire, comme toujours, à 9 heures et demie, pendant sa pause. Fähner songeait au delphinium qu'il avait planté au printemps. Il fleurirait une troisième fois à la fin de l'automne.

Subitement, Ingrid ouvrit la porte de la terrasse. Elle cria qu'il avait, une fois de plus, oublié de fermer la fenêtre de la chambre d'ami, qu'il n'était qu'un idiot. Sa voix se cassa. Du métal pur.

Plus tard, Fähner ne saurait décrire tout à fait ce à quoi il avait pensé sur le moment. Ça aurait commencé à prendre en lui, au plus profond, avec force et intensité. C'est dans cette lumière que tout serait devenu limpide. Lumineux.

Il pria Ingrid de venir à la cave, lui-même prit l'escalier extérieur. Ingrid, ahanant, entra dans la cave où il gardait les instruments de jardin. Rangés avec soin, il étaient suspendus aux murs d'après leur fonction et leur taille ou se trou-

vaient dans des seaux en plastique et en fer-
blanc. C'étaient de beaux instruments qu'il avait
accumulés au cours des années passées. Ingrid
venait rarement ici. Lorsqu'elle ouvrit la porte,
Fähner, sans un mot, prit du mur la hache de
bûcheron. Elle venait de Suède ; forgée à la main,
elle était graissée et sans rouille. Ingrid se tut. Il
portait encore de grossiers gants de jardinage.
Ingrid fixait la hache. Elle n'esquiva pas. À lui
seul, le premier coup fut mortel : il lui fendit la
voûte crânienne. La hache pénétra jusqu'au cerveau, faisant voler en éclats des bouts d'os, le
tranchant lui en partageait le visage. Avant même
de toucher le sol, elle était morte. Fähner eut du
mal à retirer la hache de son crâne, il dut prendre
appui sur sa gorge avec son pied. De deux coups
violents, il sépara la tête du tronc. Le légiste rap-
porta plus tard que Fähner avait porté dix coups
supplémentaires pour couper bras et jambes.

Fähner respirait difficilement. Il s'assit sur le
tabouret en bois qu'en d'autres circonstances il
utilisait pour les semences. Les pieds du siège
étaient dans le sang. Fähner eut faim. Au bout
d'un moment, il se leva, s'éloigna du corps et
rinça le sang de ses cheveux et de son visage au
lavabo de jardin situé dans la cave. Il ferma la
cave et se rendit dans l'appartement par l'escalier intérieur. Une fois en haut, il se rhabilla,
composa le numéro de police secours, donna son
nom et son adresse puis dit, mot pour mot :
« J'ai découpé Ingrid. Venez immédiatement. »

Son appel fut enregistré. Sans attendre de réponse, il raccrocha. Sa voix n'était pas nerveuse.

Quelques minutes plus tard, les policiers arrivèrent devant la maison de Fähner, sans sirène ni gyrophare. L'un des fonctionnaire était dans la police depuis vingt-neuf ans — tous, dans sa famille, comptaient parmi les patients de Fähner. Fähner se tenait devant la porte du jardin et lui remit la clef. Il dit qu'elle était dans la cave. Le policier savait qu'il était préférable de ne pas poser de questions : Fähner portait un costume mais n'avait ni chaussures ni chaussettes. Il était très calme.

Le procès dura quatre jours. Le président de la cour d'assises était homme d'expérience. Il connaissait Fähner qu'il avait à juger. Et il connaissait Ingrid. Au cas où il ne l'aurait pas assez connue, les témoins lui donnèrent des renseignements. Chacun plaignait Fähner, chacun prenait son parti. Le facteur dit qu'il le prenait « pour un saint », que « d'avoir supporté tout ça avec elle » devait tenir du « miracle ». Le psychiatre conclut que Fähner avait succombé à un « trop-plein d'affects », qu'il n'était donc pas pénalement irresponsable.

Le procureur requit huit ans. Il prit son temps, décrivit le déroulement des faits, il pataugea dans le sang de la cave. Puis il dit que Fähner avait eu d'autres solutions, qu'il aurait pu divorcer.

Le procureur se méprenait : c'est précisément ce que Fähner n'aurait pu faire. La dernière réforme du code de procédure pénale a abrogé la déclaration sous serment, en tant que garant de la vérité d'un témoignage, en droit judiciaire pénal. Depuis longtemps, nous n'y croyons plus. Lorsqu'un témoin ment, eh bien ! il ment — aucun juge ne pense sérieusement qu'un serment puisse y changer quelque chose. Le serment semble laisser indifférent l'homme moderne. Mais, et dans ce « mais » il y a un monde, Fähner n'était pas un homme moderne. Sa promesse était sérieuse. Elle l'avait ligoté toute sa vie. Plus encore : il en était devenu prisonnier. Fähner ne pouvait s'en libérer, c'eût été une trahison. L'éruption de violence était l'éclatement du récipient sous pression dans lequel, sa vie entière, son serment l'avait tenu captif.

La sœur de Fähner, qui m'avait prié de prendre la défense de son frère, était assise dans le public. Elle pleurait. La vieille consœur ayant partagé le cabinet de Fähner lui tenait la main. En prison, Fähner était devenu plus mince encore. Immobile, il était assis sur le banc des accusés, en bois sombre.

Sur le fond, il n'y avait rien à défendre. C'était un problème de philosophie du droit : quel est le sens d'une peine ? Pourquoi punir ? Au cours de mon plaidoyer, j'essayai d'en chercher la cause. Il y a pléthore de théories. La peine doit nous effrayer, la peine doit nous protéger, la peine doit empêcher le coupable de récidiver, la peine doit compenser l'injustice commise. Nos lois prennent toutes ces théories en compte mais aucune d'entre elles ne s'applique ici. Fähner ne tuera plus. L'injustice du crime allait de soi mais était difficile à évaluer. Et qui voudrait se venger ? Ce fut un long plaidoyer. Je racontai son histoire. Je voulais que l'on comprît que Fähner était à bout. J'ai parlé jusqu'à ce qu'il me semblât avoir atteint le tribunal. Lorsqu'un juge assesseur acquiesça, je me rassis.

Fähner eut la parole en dernier. La Cour entend le prévenu à la fin d'un procès, les juges doivent prendre ses déclarations en compte pour les délibérés. Il s'inclina, il joignait les mains. Il n'avait pas eu besoin d'apprendre son texte par cœur, c'était l'histoire de sa vie :

« J'ai aimé ma femme puis, pour finir, je l'ai tuée. Je l'aime encore, je le lui avais promis, elle reste encore ma femme. Ça ne changera pas jusqu'à ma propre mort. J'ai rompu ma promesse. Je dois vivre avec ma faute. »

Fähner s'assit, se tut et recommença à fixer le sol. La salle était silencieuse, le président lui-même avait l'air angoissé. Puis il annonça que la Cour se retirait pour les délibérés, que le jugement serait rendu le lendemain.

Le soir même, je rendis de nouveau visite à Fähner, en prison. Il n'y avait plus grand-chose à dire. Il avait avec lui une enveloppe chiffonnée de laquelle il tira la photo du voyage de noces. Il caressa des pouces le visage d'Ingrid. La couche protectrice supérieure de la photo avait disparu depuis longtemps, son visage était presque blanc.

Fähner fut condamné à une peine de trois ans, le mandat de dépôt fut levé et il fut libéré de sa détention provisoire. Il pouvait purger sa peine en semi-liberté. La semi-liberté signifie que le condamné doit passer la nuit en prison mais qu'il est autorisé à passer la journée à l'extérieur. La condition étant qu'il ait un métier. Il ne fut pas facile de trouver un nouveau métier à un homme de soixante-douze ans. Finalement, sa sœur trouva la solution : Fähner annonça qu'il serait marchand de primeurs — il vendrait les pommes de son jardin.

Quatre mois plus tard, une caisse de dix pommes rouges arriva dans mon étude. Dans l'enveloppe jointe se trouvait une simple feuille de papier :

« Cette année, les pommes sont bonnes. Fähner. »

# LA TASSE À THÉ DE TANATA

Ils étaient à l'une de ces soirées étudiantes berlinoises ouvertes à tous. Il y avait toujours quelques filles pour s'éprendre des gars de Kreuzberg ou de Neukölln — juste parce qu'ils sont différents. Ça les attirait peut-être de chercher en eux ce qu'il y avait de délicat. Une fois de plus, la chance semblait sourire à Samir : elle avait les yeux bleus et riait beaucoup.

Soudainement, son petit ami apparut; ou bien Samir devait disparaître, ou bien ils régleraient ça dans la rue. Samir ne comprit pas ce que « régleraient » signifiait mais il comprit qu'il était agressé. Ils furent poussés dehors. Un étudiant plus âgé dit à Samir que l'autre était boxeur amateur et champion de l'université. Samir dit : « Rien à foutre. » Il n'avait que dix-sept ans mais déjà cent cinquante combats de rue derrière lui et il n'y avait que peu de choses dont il avait peur — les bastons n'en faisaient pas partie.

Le boxeur était musclé, il faisait une tête de

plus que Samir, il était bien plus large. Et il ricanait bêtement. Un cercle se forma autour d'eux puis, alors que le boxeur était encore en train d'enlever sa veste, Samir lui balança de la pointe du pied un coup dans les testicules. Il portait des chaussures avec coque en acier à l'intérieur, le boxeur grogna et, de douleur, il se plia en deux. Samir le saisit par les cheveux, lui tira la tête vers le bas et lui envoya son genou droit dans le visage. Malgré tout le bruit qu'il y avait dans la rue, on avait pu entendre le craquement de la mâchoire. Il était étendu en sang sur l'asphalte, une main à l'entrejambe, l'autre devant le visage. Samir prit deux pas d'élan, le coup cassa deux côtes au boxeur.

Samir trouvait qu'il avait été fair-play. Il ne l'avait pas cogné au visage et, bien plus important : il n'avait pas utilisé son couteau. Ça avait été un jeu d'enfants, il n'était qu'à peine essoufflé. Il rageait que la blonde ne parte pas avec lui mais qu'elle reste là à pleurnicher, à s'occuper du mec à terre. « Sale pute ! » dit-il et il rentra chez lui.

Le juge des enfants condamna Samir à deux semaines de centre d'éducation surveillée et à participer à un séminaire antiviolence. Samir était furieux. Il essaya d'expliquer aux travailleurs sociaux du centre qu'il était innocent. Que le boxeur avait commencé, qu'il n'avait fait qu'être plus rapide. Que ce genre de choses n'était pas un jeu, qu'on pouvait jouer au foot mais que

personne ne jouait à la boxe. Que le juge n'avait
pas compris les règles.

Les deux semaines purgées, Özcan récupéra
Samir à sa sortie de prison. Özcan était le meilleur ami de Samir. Il avait dix-huit ans, un grand
gars nonchalant au visage pâteux. À douze ans
déjà il avait une copine, il avait filmé sur son
portable ses parties de fesses avec elle. Ça avait
assis sa réputation pour toujours. Özcan avait un
pénis absurdement gros et il se tenait de telle
façon devant l'urinoir que les autres puissent le
voir. Il voulait coûte que coûte aller à New York.
Il n'y avait encore jamais été, ne parlait pas anglais mais s'était épris de la ville. On ne le voyait
jamais sans sa casquette bleue ornée de l'inscription « N. Y. ». Il voulait diriger un club de nuit à
Manhattan avec un restaurant et des go-go dan-
seuses. Ou une affaire de ce genre. Il ne pouvait
pas expliquer pourquoi ça devait être New York
et nulle part ailleurs, il faut dire qu'il n'y réflé-
chissait pas. Son père avait travaillé toute sa vie
dans une usine d'ampoules, il était venu de Tur-
quie avec une seule et unique valise. Son fils était
son seul espoir. Cette histoire de New York, il ne
la comprenait pas.

Özcan dit à Samir qu'il avait rencontré quelqu'un qui avait un plan. Il s'appelait Manólis, le
plan était bon mais Manólis « un peu frappé ».

Manólis venait d'une famille grecque qui tenait une chaîne de restaurants et de cybercafés à Kreuzberg et Neukölln. Il avait eu son bac, commencé à étudier l'histoire et, au passage, s'était essayé au trafic de drogue. Voilà quelques années, quelque chose avait mal tourné. Dans la valise, à la place de la cocaïne, il n'y avait que du papier et du sable. L'acheteur tira sur Manólis lorsqu'il voulut fuir avec la voiture et l'argent. L'acheteur n'était pas bon tireur, des neuf balles, une seule fit mouche. Elle se logea dans l'occiput de Manólis et y resta. Manólis avait encore la balle dans la tête lorsqu'il télescopa une patrouille de police. Ce n'est qu'à l'hôpital que les médecins découvrirent la balle et, depuis, Manólis avait un problème. Après l'opération, il annonça à sa famille que désormais il était finlandais, célébra, chaque 6 décembre, la fête nationale finlandaise et tenta, sans succès, d'apprendre le finnois. De plus, il avait en permanence des défaillances — il se pouvait alors que son plan ne fût qu'imparfait.

Bon an, mal an, Samir trouvait cependant que c'était une sorte de plan : la sœur de Manólis avait une amie qui était femme de ménage dans une villa de Dahlem. Comme elle avait un impérieux besoin d'argent, Manólis lui avait proposé, en échange d'un petit intéressement, de cambrioler la maison. Elle connaissait le code de l'alarme automatique, celui du portail électronique, savait où le coffre se trouvait et, surtout, que le propriétaire serait bientôt absent de Berlin pour quatre jours. Samir et Özcan tombèrent tout de suite d'accord.

La nuit précédant le cambriolage, Samir dormit mal, il rêva de Manólis et de Finlande. Lorsqu'il se réveilla, il était 2 heures de l'après-midi. Il dit « putain de juge » et chassa sa copine du lit. À 4 heures, il devait être à son séminaire anti-violence.

À 2 heures du matin, Özcan passa prendre les autres. Manólis était endormi, Samir et Özcan durent attendre vingt minutes devant la porte. Il faisait froid, les vitres s'embuèrent, ils s'égarèrent et se disputèrent. Peu avant 3 heures, ils arrivèrent à Dahlem. Dans la voiture, ils passèrent leurs cagoules de laine noire, elles étaient trop grandes, elles glissaient et grattaient, ils suaient dedans. Özcan avait une pelote de laine dans la bouche, il la cracha sur le tableau de bord. Ils enfilèrent des gants en plastique et coururent sur le chemin de graviers jusqu'à l'entrée de la villa.

Manólis tapa le code sur le clavier du portail. La porte s'ouvrit dans un clic. Dans l'entrée se trouvait l'alarme. Après que Manólis eut de nouveau composé une combinaison de chiffres, les voyants lumineux passèrent du rouge au vert. Özcan se prit à rire. « *Özcan eleven* », dit-il à haute voix — il aimait le cinéma. La tension retomba.

Jamais ça n'avait été aussi simple. La porte d'entrée claqua, ils étaient dans l'obscurité.

Ils ne trouvèrent pas l'interrupteur. Samir buta sur une marche et se cogna l'arcade gauche contre un portemanteau. Özcan trébucha sur les pieds de Samir et se rattrapa à son dos en tombant. Samir gémit sous son poids. Manólis était encore debout, il avait oublié les lampes de poche.

Leurs yeux s'habituèrent à l'obscurité. Samir se nettoya le sang du visage. Enfin, Manólis trouva l'interrupteur. La maison était aménagée à la japonaise — Samir et Özcan étaient convaincus que personne ne pouvait vivre de la sorte. Ils n'eurent besoin que de quelques minutes pour mettre la main sur le coffre, la description était juste. Ils firent levier avec des pieds-de-biche pour le désencastrer du mur et le portèrent jusqu'à la voiture. Manólis voulait retourner à l'intérieur, il avait découvert la cuisine et il avait faim. Ils en débattirent pendant longtemps jusqu'à ce que Samir décide que c'était trop dangereux, que l'on pouvait aussi bien s'arrêter à un snack sur la route. Manólis se taisait.

Dans une cave de Neukölln, ils essayèrent d'ouvrir le coffre. Ils avaient pourtant l'expérience des armoires blindées mais celle-ci opposait de la résistance. Özcan dut emprunter la perceuse à haut rendement de son beau-frère. Lorsque, quatre heures plus tard, le coffre fut ouvert, ils surent que le jeu en avait valu la chandelle. Ils y trouvèrent 120 000 euros en liquide et une cassette contenant six montres. Il y avait également une petite boîte en bois, laquée de noir. Samir l'ouvrit. Tapissée de soie rouge, elle contenait une vieille tasse. Özcan la trouva moche et voulait la jeter, Samir voulait l'offrir à sa sœur, quant à Manólis, tout lui était égal, il avait encore faim. Puis ils convinrent de vendre la tasse à Mike. Mike avait un petit magasin surmonté d'une grosse enseigne, il se prenait pour un antiquaire mais il ne possédait en réalité qu'une camionnette et faisait dans la liquidation d'appartements et le bric-à-brac. Il leur en donna 30 euros.

Lorsqu'ils quittèrent la cave, Samir tapa sur l'épaule d'Özcan et répéta : « *Özcan eleven* » — ils rirent tous. La sœur de Manólis recevrait 3 000 euros pour son amie. Chacun d'eux avait empoché pas loin de 40 000 euros, Samir vendrait les montres à un receleur. Ça avait été un casse facile et bien mené, il n'y aurait pas de problèmes.

Ils faisaient erreur.


Hiroshi Tanata était debout dans sa chambre à coucher et considérait le trou dans le mur. Il avait soixante-seize ans, depuis des siècles sa famille avait marqué le Japon, elle s'était investie dans les assurances, les banques et l'industrie lourde. Tanata ne cria ni ne gesticula, il se contentait de fixer le trou. Mais son secrétaire, à son service depuis trente ans, dit le soir à sa femme que jamais il n'avait vu Tanata aussi furieux.

Ce jour-là, le secrétaire eut beaucoup à faire. La police était arrivée et posait des questions. Elle soupçonnait le personnel de maison — l'alarme avait tout de même été arrêtée et la porte ouverte sans violence — mais ne put concrétiser ses soupçons. Tanata couvrait ses employés. L'expertise des lieux du crime ne donna rien non plus, les techniciens de la police scientifique ne trouvèrent aucune empreinte digitale et ce n'était pas la peine d'espérer relever des traces d'ADN — la femme de ménage avait minutieusement tout nettoyé avant qu'on appelle la police. Le secrétaire connaissait bien son patron et répondit aux questions des fonctionnaires de manière évasive et laconique.

Il était plus important d'informer la presse et les gros collectionneurs : que celui à qui l'on voudrait vendre la tasse à thé en informe la famille Tanata, à qui elle appartenait depuis plus de quatre cents ans, et elle la lui rachèterait au prix fort. Dans ce cas, Tanata ne demandait qu'une chose : le nom du revendeur.

Le salon de coiffure de la Yorckstrasse portait le nom de son propriétaire : « Pocol ». Dans la

vitrine, il y avait deux affiches publicitaires déco-
lorées, remontant aux années 80, pour Wella :
une belle blonde avec un pull rayé et trop de
cheveux, un homme avec un long menton et
une moustache. Pocol avait hérité de l'affaire de
son père. Dans sa jeunesse, Pocol coupait encore
lui-même les cheveux, il avait appris le métier à
la maison. Maintenant, il possédait quelques
salons de jeux — dont seulement une petite
partie était légale. Il gardait la boutique, était
assis toute la journée dans l'une des deux confor-
tables chaises de coiffeur, buvait du thé et réglait
ses affaires. Avec les ans, il était devenu gros — il
aimait les pâtisseries turques. Son beau-frère
possédait une boulangerie-pâtisserie à trois maisons de là et faisait les meilleurs *balli elmalar* de
la ville, des tranches de pommes avec du miel,
frites dans de la graisse chaude.

Pocol était colérique et brutal, il savait que
c'était son capital. Tout le monde connaissait
l'histoire du restaurateur qui lui avait dit qu'il
devait payer son repas. Ça s'était passé il y a
quinze ans. Pocol ne connaissait pas le restaurateur, le restaurateur ne connaissait pas Pocol. Il
avait balancé la commande contre le mur, était
allé dans le coffre de sa voiture et en était revenu
avec une batte de base-ball. Le restaurateur
perdit l'usage de son œil droit, la rate et le rein
droit et passa le reste de sa vie dans un fauteuil
roulant. Pocol fut condamné à huit ans de prison
ferme pour tentative de meurtre. Le jour du

jugement, le restaurateur tomba dans un escalier de métro avec son fauteuil; il se brisa la nuque. Après avoir été relâché, Pocol ne dut plus jamais payer une addition.

Pocol prit connaissance du cambriolage dans le journal. Après une dizaine d'appels chez des proches, des amis, des receleurs et d'autres partenaires, il sut qui avait cambriolé Tanata. Il envoya une estafette, un garçon plein d'avenir qui lui était dévoué. L'estafette informa Samir et Özcan que Pocol voulait leur parler. Sur-le-champ.

Peu de temps après, ils étaient tous les deux dans le salon de coiffure; on ne faisait pas attendre Pocol. Il y avait du thé et des sucreries, on était de bonne humeur. D'un coup, Pocol se mit à crier, attrapa Samir par les cheveux, le traîna à travers le local et le roua de coups dans un coin. Samir ne se défendait pas et, entre deux coups, proposa 30 pour cent. Pocol acquiesça en grognant, se détourna de Samir et tapa Özcan sur le front avec une planche de bois plate qu'il gardait dans un coin pour de telles occasions. Ensuite, il se calma, se rassit sur la chaise de coiffeur et appela sa copine qui était dans la pièce à côté.

Il y avait encore quelques mois, la copine de Pocol était mannequin — elle avait réussi à devenir la playmate de Septembre de Playboy. Elle rêvait de podiums ou d'une carrière sur une chaîne musicale jusqu'au jour où Pocol la décou-

vrit, démolit son copain et devint son manager.
Il appelait cela « cueillir ». Il fit grossir ses seins
et repulper sa bouche. Au début, elle croyait à
ses projets et Pocol se donnait vraiment du mal
pour la placer dans une agence. Lorsque ça lui
fut trop pénible, vinrent des apparitions dans
des discothèques, ensuite dans des *stripshows*
puis ce furent les pornos, de ceux que l'on ne
pouvait acquérir légalement en Allemagne. Un
beau jour, Pocol lui fournit son premier rail
d'héroïne, elle était maintenant dépendante de
lui et l'aimait. Pocol n'avait plus de relations
sexuelles avec elle depuis que ses amis l'avaient
utilisée comme urinoir dans un film. Elle n'était
encore là que parce qu'il voulait la vendre à Beyrouth — la traite des Blanches marche aussi
dans ce sens — et, après tout, il fallait bien qu'il
récupère l'argent investi dans la chirurgie esthé-
tique.

Sa copine banda les blessures de Özcan alors
que Pocol badinait : Özcan avait l'air d'un In-
dien, disait-il, « tu comprends, comme un Peau-
Rouge ». Il y eut de nouveau du thé frais et des
sucreries, la copine fut renvoyée et l'on put
continuer à négocier. L'on s'entendit sur 50
pour cent, les montres et la tasse devaient revenir
à Pocol. Samir et Özcan reconnurent leur erreur,
Pocol assura qu'il n'avait rien de personnel
contre eux et, au moment du départ, prit Samir
dans ses bras et l'embrassa cordialement.

Une fois qu'ils eurent quitté le salon de coiffure, Pocol téléphona à Wagner. Wagner était
un arnaqueur et un escroc. Il mesurait 1,60 mètre,
sa peau était devenue jaune du fait des années
passées au solarium, ses cheveux étaient teints
en noir — ils avaient repoussé en gris sur quelques centimètres à la racine. L'appartement de
Wagner était un cliché des années 80. Il s'éten-
dait sur deux étages, la salle à coucher avec des
armoires à miroirs, des tapis Flokati et un lit
immense se trouvait en haut. La salle à manger,
en bas, offrait un décor de sofas en cuir blanc,
de sols en marbre blanc, de murs blancs laqués
et de tables basses en forme de diamant. Wagner
aimait tout ce qui brillait, même son téléphone
était serti de petites pierres en verre.

Quelques années auparavant, il s'était déclaré
en faillite personnelle, avait réparti ses biens entre ses proches et, parce que la justice est inerte
en ce domaine, réussi à toujours contracter des
dettes. En fait, Wagner n'avait plus rien : l'appartement appartenait à son ex-femme, depuis des
mois il ne pouvait plus payer son assurance santé
et l'ardoise du salon de beauté pour le make up
permanent de sa copine courait toujours. L'argent qu'il avait gagné facilement autrefois, il
l'avait dépensé en voitures et en fêtes coke et
champagne à Ibiza. Maintenant, les banquiers
investisseurs avec lesquels, jadis, il avait fait la
fête avaient disparu et il ne pouvait plus se payer

de nouveaux pneus pour sa Ferrari vieille de dix ans. Ça faisait longtemps que Wagner attendait une grande opportunité, celle qui arrangerait tout. Dans les cafés, il buvait toujours « à la santé des serveuses et de ceux qui les montent » et, systématiquement, hurlait de rire à sa blague de corps de garde ; depuis toujours, Wagner souffrait de sa médiocrité.

Alors que l'escroc moyen ne fait qu'arnaquer, Wagner était plus doué. Il se faisait passer pour « le jeune gars berlinois, le dur des bas-fonds » qui « s'en était sorti ». Les gens des couches bourgeoises avaient confiance en lui. Précisément parce qu'il était grossier, bruyant et dérangeant, ils le croyaient réglo et honnête. Wagner n'était ni dur ni honnête. Il n'avait pas « réussi », y compris d'après ses critères. Il avait juste une certaine forme d'intelligence, il était rusé et, parce que lui-même était faible, il reconnaissait les faiblesses des autres. Il les mettait à profit même quand elles ne lui bénéficiaient pas.

Parfois, Pocol se servait de Wagner. Il le battait quand il était insolent, quand il ne l'avait pas fait depuis longtemps ou juste quand il en avait envie. Par ailleurs, il le prenait pour un détritus. Mais pour ce job, Wagner lui semblait convenir. Pocol en avait fait l'expérience, il n'était pas pris au sérieux hors de son milieu — en raison de ses origines et de sa langue.

Wagner reçut pour mission de prendre contact avec Tanata et de lui signifier qu'il pouvait racheter les montres et la tasse à thé — on conviendrait des détails plus tard. Wagner accepta. Il récupéra le numéro de Tanata et parla vingt minutes avec le secrétaire. Il lui assura qu'on n'appellerait pas la police. Après avoir raccroché, il se réjouit, caressa les deux chihuahuas qu'il avait baptisés Dolce et Gabbana et réfléchit au moyen d'arnaquer un peu Pocol.

Une garrotte est un mince fil de fer à l'extrémité duquel des poignées en bois sont accrochées. Le bourreau médiéval utilisait déjà cet instrument de torture — jusqu'en 1973, la peine de mort était ainsi exécutée en Espagne — et, aujourd'hui encore, la garrotte est un objet de mort apprécié. Ses différentes parties peuvent être achetées dans tout magasin de bricolage, elle est bon marché, facile à transporter et efficace : par-derrière, on passe le collet autour du cou de la victime et on tire avec force, elle ne peut crier et meurt rapidement.

Quatre heures après son appel à Tanata, on sonna à la porte de Wagner. Il entrebâilla la porte. Le pistolet qu'il portait à la ceinture de son pantalon ne lui fut d'aucune aide. Le premier coup porté à la carotide suffit à lui couper le souffle et lorsque, trois quarts d'heure plus tard, la garrotte mit fin à ses jours, il était reconnaissant de pouvoir enfin mourir.

Le lendemain, la femme de ménage de Wagner posa les commissions dans la cuisine et vit deux doigts au fond de l'évier. Elle appela la police. Wagner gisait sur son lit, les cuisses maintenues ensemble au moyen d'un serre-joint, deux clous de charpentier dans la rotule gauche, trois dans la droite. Il avait une garrotte autour du cou, sa langue pendait hors de sa bouche. Wagner s'était fait dessus avant de mourir et les fonctionnaires en charge de l'enquête se demandaient bien quelles informations il avait révélées à son tortionnaire.

Dans la salle à manger, sur le sol en marbre, contre le mur de la chambre, il y avait les deux chiens ; leurs jappements avaient dû déranger le visiteur, il les avait écrasés. Les services de l'identité judiciaire essayèrent de relever une trace de semelle dans les cadavres, ce n'est qu'au cours de l'autopsie que l'on put récupérer un bout de plastique sur l'un des chiens. Le coupable portait manifestement des sacs en plastique pardessus ses chaussures.

Au cours de la nuit où Wagner mourut, vers 5 heures, Pocol ramenait au salon de coiffure la monnaie de ses salles de jeux dans deux seaux en plastique. Il était fatigué et, lorsqu'il se baissa pour fermer la porte, il entendit un bruit net et sifflant. Il savait ce que c'était. Son cerveau ne put l'identifier assez vite mais, un centième de seconde avant que la boule au bout de la matraque télescopique ne le frappe à l'arrière du crâne, il savait ce que c'était.

Sa copine le trouva dans le salon de coiffure alors qu'elle voulait lui demander de l'héroïne. Il était sur l'un des fauteuils de coiffeur, le visage tourné vers le bas, les bras autour de la chaise, comme s'il voulait l'enlacer. Ses mains étaient ficelées en dessous de l'assise avec du câble, son corps massif était coincé entre les accoudoirs. Pocol était nu, de son anus sortait un manche à balai cassé. Le médecin légiste conclut au cours de l'autopsie que la violence avec laquelle le bois avait été introduit avait également perforé la vessie. Il y avait sur le corps de Pocol cent dix-sept plaies, la boule en acier prolongeant la matraque avait cassé quatorze os. On ne pouvait dire avec précision lequel de ces coups avait provoqué la mort. Le coffre de Pocol n'avait pas été forcé, les deux seaux avec l'argent des machines à sous étaient restés dans l'entrée. Pocol avait une pièce dans la bouche au moment de sa mort, on en trouva une deuxième dans l'œsophage.

Les investigations ne donnèrent rien. Les empreintes digitales relevées dans le salon de coiffure de Pocol pouvaient être attribuées à tous les délinquants de Neukölln et de Kreuzberg. La torture avec le manche à balai laissait penser à une piste arabe, elle était une forme caractéristique d'humiliation. Il y eut quelques arrestations et quelques interrogatoires dans l'entourage, la police pensait à des querelles de territoire mais n'avait rien de concret. Pour la police, aucun lien entre Pocol et Wagner, la brigade criminelle ne put établir de relations entre les deux affaires. Et pour finir il n'y eut que pléthore de théories.

On avait sécurisé le salon de Pocol et le trottoir en devanture avec du ruban de balisage rouge et blanc, des projecteurs éclairaient la zone. Tandis que la police en était encore à faire ses recherches sur place, tous ceux que ça intéressait à Neukölln savaient comment Pocol était mort. Désormais, Samir, Özcan et Manólis avaient vraiment peur. À onze heures, ils se trouvaient devant le salon de Pocol, parmi la foule, avec l'argent, les montres et la tasse à thé. Mike, l'antiquaire à qui ils avaient vendu la tasse, soignait son œil droit avec de la glace à quatre rues de là. Il avait dû rendre la tasse et payer des indemnités de représentation. L'œil au beurre noir en faisait partie, c'étaient les règles.

Manólis dit tout haut ce que tous pensaient : Pocol avait été torturé et s'il avait été question d'eux, bien sûr, il avait vendu la mèche. Si quelqu'un avait osé tuer Pocol, alors il y avait peu d'espoir pour leur propre vie. Samir dit que cette histoire de tasse devait être réglée au plus vite. Les autres approuvèrent et, finalement, ce fut Özcan qui eut l'idée d'aller chez un avocat.

Les trois jeunes hommes me racontèrent leur histoire. C'est Manólis qui parlait, il faisait constamment des digressions philosophiques et avait des difficultés à se concentrer. Ça dura assez longtemps. Puis ils dirent qu'ils n'étaient pas certains que Tanata sût qui l'avait cambriolé. Ils posèrent l'argent, les montres et le coffret laqué contenant la tasse sur la table de réunion et me prièrent de rendre les objets à leur propriétaire. Je consignai tout cela aussi bien que possible, je n'acceptai pas l'argent, c'eût été du blanchiment. J'appelai le secrétaire de Tanata et convins d'un rendez-vous pour l'après-midi.

La maison de Tanata se trouvait dans une rue calme de Dahlem. Il n'y avait pas de sonnette, une cellule photo invisible émit un signal, le son d'un gong grave, comme dans un cloître. Le secrétaire me tendit une carte de visite de ses deux mains aux doigts fins, ce qui me sembla absurde puisque j'étais déjà là. Puis il me revint que l'échange de cartes de visite était un rituel au Japon et je fis de même. Le secrétaire était avenant et sérieux. Il me conduisit dans une pièce avec des murs ocre et un sol en bois noir. Nous nous assîmes à une table, sur des chaises dures, les seuls objets de la pièce — ainsi qu'un ikebana vert sombre, dans la niche murale. La lumière indirecte était chaude et feutrée.

J'ouvris ma serviette et en sortis les objets. Le

secrétaire disposa les montres sur une tablette en cuir préparée à l'avance, il ne toucha pas le coffret fermé avec la tasse. Je le priai de signer le reçu établi au préalable. Il s'excusa et disparut derrière une porte coulissante.

Il n'y eut plus le moindre bruit.

De retour, il signa le reçu pour les montres et la tasse à thé, prit la tablette avec lui et me laissa de nouveau seul. Le coffret demeurait toujours fermé.

Tanata était petit et, d'une certaine façon, avait l'air desséché. Il me salua à la manière occidentale, il était manifestement de bonne humeur et me parla de sa famille au Japon.

Après quelque temps, il alla à la table, ouvrit le coffret et en sortit la tasse. D'une main il la tenait par le dessous, de l'autre il la faisait tourner doucement devant ses yeux. C'était une tasse à *macha* dans laquelle, au moyen d'un fouet en bambou, on fouette la poudre de thé vert. La tasse était noire, émaillée de craquelures sombres. De telles tasses n'étaient pas faites sur des girelles mais formées à la main, aucune ne ressemblait à l'autre. La plus vieille école de potiers marquait sa céramique de l'idéogramme *raku*. Un ami m'avait dit un jour que le Japon ancestral vivait encore au fond de ces tasses.

Tanata la remit prudemment dans son coffret et dit : « La tasse fut réalisée pour notre famille en 1581, par Chôjirô. » Chôjirô était le fondateur de la tradition raku. La tasse sur la soie rouge avait l'air d'un œil noir. « Savez-vous que cette tasse a déjà provoqué une guerre? Ça remonte à très longtemps, la guerre dura cinq ans. Je suis heureux que, cette fois, ça ait été plus rapide. » Il fit retomber le couvercle du coffret. Il y eut un écho.

Je dis que l'argent serait également rendu, il fit un signe de tête.

« Quel argent? demanda-t-il.

— L'argent de votre coffre.

— Il n'y avait pas d'argent. »

Je ne le compris pas tout de suite.

« Mes clients m'ont dit…

— S'il y avait eu de l'argent ici, me coupa-t-il, c'était peut-être de l'argent non déclaré.

— Et?

— Et si vous deviez montrer ce reçu à la police, l'on poserait des questions. Même dans l'annonce, je n'ai pas fait mention du vol de l'argent. »

Nous avons alors convenu que j'informerais la police du retour de la tasse et des montres. Il va de soi que Tanata ne me demanda pas qui étaient les voleurs de même que je ne posai aucune question sur Pocol et Wagner. Seule la police en a posé; je pouvais invoquer le secret professionnel de l'avocat pour protéger mes clients.


Samir, Özcan et Manólis survécurent.

Samir reçut un appel et fut prié de se rendre dans un café du Kurfürstendamm avec ses amis. L'homme qui les reçut était courtois. Il leur montra grâce à la fonction vidéo d'un téléphone portable les dernières minutes de Pocol et de Wagner, s'excusa pour la qualité de l'enregistrement et les invita tous les trois à manger un gâteau. Ils ne touchèrent pas au gâteau mais remirent les 120 000 euros le lendemain. Ils avaient des manières, ils payèrent 28 000 euros de plus « pour les faux frais » — ils n'avaient pu dénicher davantage. L'homme aimable leur dit que ça n'était pas nécessaire et rangea l'argent.

Manólis se retira, prit la charge d'un restaurant de sa famille, se maria et devint plus serein. Dans son restaurant sont accrochées des photos de fjörds et de bateaux de pêche, il y a de la vodka finlandaise et il prévoit d'émigrer en Finlande avec sa famille.

Özcan et Samir se reconvertirent dans le trafic de drogue ; jamais plus ils ne volèrent ce dont ils ignoraient l'usage.

La femme de ménage de Tanata, celle qui avait donné les indices pour le casse, prit des vacances en Antalya, deux ans plus tard ; depuis longtemps, elle avait oublié toute l'affaire. Elle partit nager. Alors que ce jour-là la mer était calme, elle se cogna la tête contre un rocher et se noya.

Je vis Tanata encore une fois au Philharmonique de Berlin, il était assis quatre rangées derrière moi. Lorsque je m'étais retourné, il m'avait salué aimablement et sans un mot. Il mourut six mois plus tard. On ramena sa dépouille au Japon, on vendit sa maison de Dahlem — quant au secrétaire, il retourna également dans son pays natal.

La tasse est aujourd'hui la pièce maîtresse d'un musée de la fondation Tanata à Tokyo.

## *Appendice*

Lorsque Manólis fit la connaissance de Samir et d'Özcan, il était soupçonné de trafic de drogue. Le soupçon était infondé et l'écoute téléphonique ordonnée par le juge d'instruction fut abandonnée peu de temps après. Le premier contact entre Manólis et Samir avait tout de même été enregistré. Özcan écoutait grâce à la fonction mains libres du portable et prenait part à la conversation.

SAMIR : T'es grec ?

MANÓLIS : Je suis finlandais.

SAMIR : Quand on t'entend, t'as pas l'air finlandais.

MANÓLIS : Je suis finlandais.

SAMIR : T'as l'air grec.

MANÓLIS : Et alors ? Parce que ma mère, mon père, mes grand-mères et mes grands-pères, et

même tout le monde dans ma famille est grec,
c'est pas pour ça que toute ma vie je dois être
grec. Je déteste les oliviers, le tzatziki et cette
danse débile. Je suis finlandais. Tout en moi est
finlandais. Je suis finlandais de l'intérieur.

ÖZCAN À SAMIR : Physiquement, il a aussi l'air
d'un Grec.

SAMIR À ÖZCAN : Laisse-le être finlandais, s'il veut
être finlandais.

ÖZCAN À SAMIR : Il a même pas l'air d'un Suédois. (Özcan connaissait un Suédois à l'école.)

SAMIR : Pourquoi t'es finlandais ?

MANÓLIS : À cause de cette histoire avec les
Grecs.

SAMIR : …

ÖZCAN : …

MANÓLIS : Chez les Grecs, c'est comme ça depuis des siècles. Imaginez, un bateau coule.

ÖZCAN : Pourquoi ?

MANÓLIS : Parce qu'il a un trou ou que le capi-
taine est bourré.

ÖZCAN : Et pourquoi le bateau a un trou ?

MANÓLIS : Merde alors ! C'est qu'un exemple.

ÖZCAN : Hmm.

MANÓLIS : Le bateau coule à pic. O.K. ?

ÖZCAN : Hmm.

MANÓLIS : Ils se noient tous. Tous. Vous comprenez ? Il n'y a qu'un seul Grec qui survit.
Il nage, nage et nage et atteint enfin la rive.
Il gerbe de l'eau de mer de toutes ses tripes. Il
gerbe par la bouche. Par le nez. Par tous les

pores. Il dégueule tout ce qu'il a jusqu'à ce qu'il s'endorme enfin à moitié mort. Le gars est le seul qui a survécu. Tous les autres, ils sont morts. Il est allongé sur la plage et il pionce. Au réveil, il pige qu'il est le seul qui a survécu. Alors il se lève et il frappe le premier promeneur qu'il rencontre. Juste comme ça. Seulement quand le promeneur est mort, tout est équilibré.

SAMIR : ?

ÖZCAN : ?

MANÓLIS : Vous comprenez? Il doit en frapper un autre jusqu'à la mort pour que celui qui a échappé de la noyade, lui, pour que celui-ci aussi il soit compté comme mort. L'autre à sa place. Moins un, plus un. Pigé?

SAMIR : Non.

ÖZCAN : Où était le trou?

SAMIR : On se voit où?

# LE VIOLONCELLE

Le smoking de Tackler était bleu clair, sa chemise, rose. Son double menton débordait sur le col de sa chemise et sur son nœud papillon, sa veste était tendue sur son ventre et faisait des plis sur sa poitrine. Il se tenait entre Theresa, sa fille, et sa quatrième femme — toutes les deux, elles le dépassaient. Les doigts couverts de poils noirs de sa main gauche étaient crispés sur la hanche de sa fille. À cet endroit, ils avaient l'air d'un animal sombre.

La réception lui avait coûté beaucoup d'argent mais il trouvait que ça en avait valu la peine — en effet, ils étaient tous venus : le président du Land, les banquiers, les influents et les élégants, mais avant tout le célèbre critique de musique. Pour l'heure, il ne voulait pas penser à autre chose. C'était la fête de Theresa.

À l'époque, Theresa avait vingt ans, une beauté classique, menue, au visage d'une symétrie presque parfaite. Elle avait l'air calme et impassible, seule une petite veine sur sa gorge trahissait le battement nerveux de son cœur.

Après un bref discours de son père, elle s'assit sur la scène tapissée de rouge et accorda le violoncelle. Assis à ses côtés sur un tabouret, son frère Leonhard tournerait les pages de la partition. La différence entre frère et sœur n'aurait pu être plus grande. Leonhard faisait une tête de moins que Theresa, il avait hérité de la stature et du visage de son père, pas de sa dureté. De sa tête rougeaude, de la sueur coulait dans sa chemise, le bord du col s'était teint de sombre. Il souriait au public, avec sympathie et tendresse.

Assis sur de petites chaises, les invités firent peu à peu le silence, on feutra la lumière. Et alors que j'étais encore indécis, en train de me demander si je devais vraiment quitter le jardin pour la salle, elle se mit à jouer. Elle joua les trois premières sonates pour violoncelle de Bach et, dès les premières mesures, je sus que jamais je ne pourrais oublier Theresa. Au cours de cette chaude soirée estivale dans la grande salle de la villa d'époque *Gründerzeit*, ses hautes portes d'entrée s'ouvraient profondément sur le parc éclairé, je vécus un de ces moments rares de bonheur absolu — que seule permet la musique.

Tackler était entrepreneur de travaux publics de la deuxième génération. Lui et son père avaient une grande force de caractère, c'étaient des hommes intelligents qui avaient construit leur fortune dans l'immobilier à Francfort. Toute sa vie, son père avait porté un revolver dans la poche droite de son jean et une liasse de billets dans la poche gauche. Tackler n'avait plus besoin d'arme.

Trois ans après la naissance de Leonhard, sa mère était allée visiter un immeuble que son époux venait de construire. Au dix-huitième étage de la structure, on fêtait l'achèvement du gros œuvre. Quelqu'un avait oublié de fixer un garde-fou. Les dernières choses que Tackler vit de sa femme furent un sac à main et un verre de mousseux qu'elle avait posés à côté d'elle sur une table haute.

Au cours des années suivantes, un grand nombre de « mères » se sont succédé auprès des enfants. Aucune ne resta plus de trois ans. Tackler menait bon train, il avait un chauffeur, une cuisinière, plusieurs femmes de ménage et deux jardiniers pour le parc. Il n'avait pas le temps de s'occuper de l'éducation de ses enfants — de telle sorte que la seule constante de leur vie était une vieille infirmière. C'est elle déjà qui avait éduqué Tackler, elle sentait la lavande et, pour tout le monde, elle était juste Etta. Son dada, c'étaient les canards. Cinq spécimens empaillés étaient accrochés aux murs du deux-pièces qu'elle avait dans la maison de Tackler, sous les toits, et, dans le ruban du chapeau en feutre marron qu'elle ne quittait jamais pour sortir, étaient fichées deux plumes bleues de canard. Les enfants, elle n'aimait pas particulièrement ça.

Etta ne s'en était jamais allée, depuis belle lurette elle faisait partie de la famille. Tackler prenait l'enfance pour une perte de temps, tout juste s'il se souvenait de la sienne. Il faisait confiance à Etta parce qu'ils étaient d'accord sur les grands principes éducatifs. Disciplinés et, pour reprendre l'expression de Tackler, « sans morgue », c'est ainsi que devaient être éduqués les enfants. La rigueur était parfois nécessaire.

Theresa et Leonhard devaient gagner eux-mêmes leur argent de poche. En été, ils arrachaient les dents-de-lion du jardin et gagnaient un demi-pfennig par pied — « mais avec la racine, sinon, vous n'avez rien », disait Etta. Elle comptait les plantes aussi méticuleusement que les pfennigs. En hiver, ils devaient déblayer la neige ; Etta payait au mètre.

Lorsque Leonhard eut neuf ans, il s'enfuit de la maison. Dans le parc, il grimpa dans un sapin et attendit qu'ils se mettent à sa recherche. Il s'imaginait que sa fuite allait plonger Etta puis son père dans le désespoir, qu'on le pleurerait. Ça ne désespéra personne. Avant le dîner, Etta avait crié que s'il ne venait pas sur-le-champ, il n'aurait rien dans son assiette mais prendrait une bonne volée. Leonhard rendit les armes, ses vêtements étaient pleins de résine — il reçut une claque.

À Noël, Tackler offrait aux enfants du savon et des pull-overs. Une fois seulement, une relation d'affaires qui, dans l'année, avait gagné beaucoup d'argent avec Tackler, offrit à Leonhard un fusil en jouet et à Theresa une dînette. Etta remisa ces jeux dans la cave. « On n'a pas besoin de ça », dit-elle. Et Tackler, qui n'avait pas écouté, d'acquiescer.

Etta considéra l'éducation comme aboutie lorsque frère et sœur surent se tenir à table, qu'ils parlèrent un allemand soutenu et, d'une manière générale, lorsqu'ils furent calmes. Elle disait à Tackler que ça finirait mal avec eux. Qu'ils étaient trop faibles, que ce n'était pas des vrais Tackler comme lui ou son père. Cette phrase lui resta dans la tête.

Etta eut un début d'Alzheimer, elle régressa peu à peu et devint plus douce. Elle légua ses oiseaux à un musée du patrimoine qui n'en avait pas l'emploi et qui décida de détruire ces taxidermies. À son enterrement, il n'y avait que Tackler et les deux enfants. Sur le chemin du retour il dit : « Maintenant, ça aussi, c'est une affaire réglée. »

Pendant les vacances, Leonhard travaillait pour Tackler. Il aurait préféré partir avec des amis mais il n'avait pas d'argent. Ainsi le voulait Tackler. Il emmenait son fils sur l'un des chantiers, le confiait au contremaître et disait qu'il

devait vraiment « lui en faire baver ». Le contremaître faisait ce qu'il pouvait, et lorsqu'au deuxième soir Leonhard vomissait d'épuisement,
Tackler assurait qu'il s'y habituerait. Que lui-
même, à son âge, avait parfois dormi sur des
chantiers avec son père, qu'il en « avait vraiment
chié » — comme les autres treillageurs sur fer.
Que Leonhard ne devait pas s'imaginer qu'il
« valait mieux ».

Theresa aussi travaillait pendant les vacances
au service comptable de l'entreprise. De même
que Leonhard elle ne touchait que 30 pour cent
du salaire moyen. « Vous n'êtes d'aucune aide,
vous donnez du travail. Votre paye est un cadeau,
pas un salaire », disait Tackler. Lorsqu'ils voulaient aller au cinéma, Tackler leur donnait
10 euros — comme ils devaient y aller en bus, ça
ne suffisait que pour l'achat d'une place. Ils
n'osaient pas le lui dire. Parfois, le chauffeur de
Tackler les conduisait secrètement en ville et
leur donnait un peu d'argent — lui-même avait
des enfants et il connaissait son patron.

Mis à part la sœur de Tackler qui était employée
dans l'entreprise et qui avait déjà éventé tous les
secrets d'enfance de son frère, il n'y avait pas
d'autres parents. Au début, les enfants avaient
peur de leur père, puis ils le haïrent. Pour finir,
son monde leur était devenu si étranger qu'ils
n'avaient plus rien à se dire.

Tackler ne méprisait pas Leonhard mais il abhorrait ce qu'il y avait de faible en lui. Il pensait qu'il devait le rendre plus fort, le « forger » comme il disait. À quinze ans, Leonhard avait accroché dans sa chambre une photo d'un ballet qu'il était allé voir avec sa classe. Tackler la déchira du mur et lui hurla dessus : il ferait bien de faire attention, il allait bien devenir pédé avec ça ! T'es trop gros, disait Tackler, c'est pas comme ça que t'auras une copine.

Theresa passait tout son temps avec son violoncelle chez un professeur de musique de Francfort. Tackler ne la comprenait pas, c'est pour cette raison qu'il lui fichait la paix. Une seule fois, il en fut autrement. C'était l'été, peu après le seizième anniversaire de Theresa. Ce jour-là, pas de nuages. Elle nageait nue dans la piscine. Lorsqu'elle sortit de l'eau, Tackler se tenait au bord du bassin. Il avait bu. Tackler regarda sa fille comme une étrangère. Il prit la serviette et commença à la sécher. En effleurant sa poitrine, il sentait le whisky. Elle courut dans la maison. Plus jamais elle n'alla dans la piscine.

Au cours des rares dîners pris ensemble, peu nombreux, on s'entretenait sur « ses » sujets de conversation, sur les montres, la nourriture et les autos. Theresa et Leonhard connaissaient le prix de chaque voiture et de chaque montre de marque. C'était un jeu abstrait. Parfois, leur père leur montrait des extraits de comptes, des actions et des rapports d'activité. « Un jour, tout ça sera à vous », disait-il, et Theresa chuchotait à Leonhard que c'était tiré d'un film. « La vie intérieure, disait Tackler, c'est des foutaises. » Ça n'apporte rien.

Les enfants n'avaient qu'eux-mêmes. Lorsque Theresa fut prise au conservatoire, ils décidèrent ensemble de quitter Tackler. Ils voulaient le lui dire pendant le dîner et s'y étaient entraînés, ils avaient réfléchi à ses réactions et avaient préparé les réponses en conséquence. Lorsqu'ils se lancèrent, Tackler leur dit qu'il n'avait pas de temps aujourd'hui et il disparut. Ils durent attendre trois semaines puis Theresa prit la parole. Frère et sœur croyaient qu'au moins Tackler ne les battrait pas. Elle dit que maintenant ils allaient quitter Bad Homburg. « Allaient quitter Bad Homburg » sonnait mieux que de le dire directement, trouvaient-ils. Theresa dit qu'elle prendrait Leonhard avec elle, qu'ils arriveraient bien à s'en sortir, d'une façon ou d'une autre.

Tackler ne la comprit pas — il continua juste de manger. Lorsqu'il pria Theresa de lui passer le pain, Leonhard lui cria dessus : « Tu nous as martyrisés pendant assez longtemps ! » Et Theresa d'ajouter plus doucement : « Jamais nous ne voulons devenir comme toi ! » Tackler laissa tomber son couteau sur son assiette. Il y eut un tintement. Puis il se leva sans un mot, gagna sa voiture et alla chez sa copine. Il ne fut de retour qu'à 3 heures du matin.

Plus tard dans la nuit, Tackler était assis dans la bibliothèque, seul. Sur l'écran encastré dans le mur de livres passait un film amateur. Il avait été transféré d'une caméra super-8 à une cassette vidéo. Les images étaient surexposées :

Sa première femme tient les deux enfants par la main, Theresa doit avoir trois ans et Leonhard deux ans. Sa femme dit quelque chose, sa bouche bouge sans un bruit, elle lâche Theresa et lui montre l'horizon. La caméra suit son bras, sur l'arrière-plan flou un château en ruine. Une rotation qui revient sur Leonhard, il se cache derrière la jambe de sa mère et pleure. Les pierres et l'herbe du premier plan deviennent floues, on passe la caméra à quelqu'un alors qu'elle tourne encore. Elle va de nouveau vers le haut, Tackler en jean, la chemise ouverte, des poils sur la poitrine, il rit à gorge déployée, sans un son, il tient Theresa devant le soleil, l'embrasse, fait signe à la caméra. L'image devient plus claire, le film se rompt.

Cette nuit-là, Tackler décida d'organiser un concert d'adieu pour Theresa, ses relations devraient suffire, il l'emmènerait « tout en haut ». Tackler ne voulait pas être un mauvais bougre.

Il fit à chacun de ses enfants un chèque de 250 000 euros et les posa sur la table du petit déjeuner. Il pensa que ça devait suffire.

Au lendemain du concert, il y eut un article presque euphorique dans un journal dont le tirage excédait le cadre régional. Le grand critique musical présageait à Theresa un « brillant avenir de violoncelliste ».

Elle ne s'inscrivit pas au conservatoire. Theresa croyait que son don était si grand qu'elle pouvait bien attendre. Pour l'heure, elle avait autre chose en tête. Frère et sœur voyagèrent pendant presque trois ans à travers l'Europe et les États-Unis. Elle jouait à quelques concerts privés. La plupart du temps, elle ne jouait que pour son frère. L'argent de Tackler les rendait autonomes, au moins pour quelque temps. Ils restèrent inséparables. Ils n'accordaient pas d'importance à leurs amourettes et il n'y eut, pendant ces années, quasiment aucun jour qu'ils n'aient passé ensemble. Ils avaient l'air d'être libres.

Presque deux ans jour pour jour après leur concert de Bad Homburg, je les ai rencontrés de nouveau, tous les deux, à une fête dans les environs de Florence. L'on faisait la fête à Castello di Tornano, un château en ruine du XI$^e$ siècle, entouré d'oliviers et de cyprès, au milieu des vignes. « La jeunesse dorée » : c'est ainsi que l'hôte qualifiait le frère et sa sœur qui arrivaient dans un cabriolet des années 60. Theresa l'embrassa, et Leonhard, de manière exagérément élégante, le salua en ôtant son absurde borsalino en paille.

Lorsque, plus tard dans la soirée, je dis à Theresa que jamais plus je n'avais réentendu les sonates pour violoncelle avec autant d'intensité que dans la maison de son père, elle répondit : « C'est le prélude de la première sonate. Pas la sixième, non, que tout le monde tient pour la plus représentative et qui est la plus dure. Non, c'est la première. » Elle but une gorgée, se pencha en avant et me chuchota à l'oreille : « Tu comprends, le prélude de la première. Elle est toute une vie en trois minutes. » Et de rire.


À la fin de l'été suivant, frère et sœur étaient en Sicile. Pour quelques jours, ils logèrent chez un marchand de matières premières qui avait loué là une maison pour la saison. Il tomba un peu amoureux de Theresa.

Leonhard se réveilla avec une légère fièvre. Il pensa que ça venait de l'alcool de la nuit passée. Il ne voulait pas être malade, pas en ce jour radieux, pas en ces temps heureux. Les bactéries E.-Coli se répandaient très rapidement à l'intérieur de son corps. Elles venaient de l'eau qu'il avait bue deux jours auparavant à une station-service.

Dans le garage ils trouvèrent une vieille Vespa et partirent en direction de la mer. La pomme était au milieu de l'asphalte, un char agricole l'avait perdue. Elle était presque ronde et brillait dans le soleil de midi. Theresa dit quelque chose et Leonhard tourna la tête pour la comprendre. La roue avant glissa sur la pomme et se mit de travers. Leonhard perdit le contrôle. Theresa eut de la chance, elle ne fit que se cogner l'épaule et eut quelques égratignures. La tête de Leonhard fut écrasée entre la roue arrière et une pierre, elle s'ouvrit.

Au cours de la première nuit à l'hôpital, son état se dégrada. Personne n'analysa son sang, il y avait d'autres choses à faire. Theresa appela son père et Tackler envoya un médecin de Francfort à bord du jet d'affaires de l'entreprise ; il arriva trop tard. Dans le corps de Leonhard le poison était passé des reins au système sanguin. Theresa s'assit dans le couloir devant la salle d'opérations. Le médecin lui tenait la main en lui parlant. La climatisation était bruyante, les disques que Theresa fixait depuis des heures étaient noirs de poussière. Le médecin dit que c'était une urosepsis associée à un syndrome de défaillance multiviscérale. Theresa ne le comprit pas. Qu'il y avait de l'urine dans le corps de Leonhard, que ses chances de survie étaient de 20 pour cent. Le médecin parlait encore et

encore, ses mots devenaient lointains. Theresa
n'avait pas dormi pendant presque quarante heures. Lorsqu'il retourna dans la salle, elle ferma
les yeux. Il avait dit « décéder » et elle voyait le
mot en lettres noires devant elle. Ça n'avait rien
à voir avec son frère. Elle avait dit non. Juste
non. Ni plus ni moins.

Au sixième jour de son admission, l'état de
Leonhard se stabilisa. Il pouvait être transporté
à Berlin par avion. Lorsqu'il arriva à l'hôpital de
la Charité, son corps était recouvert de nécroses ;
des croûtes noires, qui ressemblaient à du cuir,
attestaient bien la mort des cellules. Les médecins l'opérèrent quatorze fois. On amputa le
pouce, l'index et l'annulaire de sa main gauche.
On coupa ses orteils gauches au niveau de l'arti-
culation basale de même que l'avant-pied droit
et un bout de l'arrière-pied droit. Il n'en restait
plus qu'un morceau déformé, à peine résistant,
les os et les cartilages appuyaient visiblement
contre la peau. Leonhard était plongé dans un
coma artificiel. Il avait survécu. Quant aux suites
de sa blessure à la tête, on ne pouvait les appré-
cier pour le moment.

L'hippocampe est l'animal de trait de Poséi-
don, un monstre marin grec, mi-cheval, mi-
poisson. Il a donné son nom à une très vieille
partie du cerveau sise dans le lobe temporal. Les
contenus de la mémoire y sont transformés de
souvenirs à court terme en souvenirs à long
terme. Les hippocampes de Leonhard étaient

blessés. Lorsque après neuf semaines on le tira
du coma, il demanda à Theresa qui elle était.
Puis qui il était. Il avait complètement perdu la
mémoire et ne pouvait plus rien retenir qui
remontât au-delà de trois ou quatre minutes.
Après d'innombrables examens, les médecins ten-
tèrent de lui expliquer que c'était une amnésie
antérograde et rétrograde. Leonhard comprenait leurs explications mais trois minutes et quarante secondes plus tard, de nouveau il les avait
oubliées. Il oublia même qu'il oubliait.

Et lorsque Theresa le soignait, il ne voyait en
elle qu'une belle femme.


Après deux mois, frère et sœur purent se
retirer dans l'appartement berlinois de leur
père. Chaque jour, une infirmière venait pendant trois heures — sinon, c'était Theresa qui
s'occupait de tout. Au début, elle invitait encore
des amis à dîner, puis elle ne supporta plus leur
façon de regarder Leonhard. Tackler leur rendait visite une fois par mois.

Ce furent des mois de solitude. Peu à peu
Theresa se délabra, ses cheveux devinrent secs
comme de la paille, sa peau blafarde. Un soir,
elle sortit le violoncelle de sa boîte — ça faisait
des mois qu'elle n'y avait pas touché. Dans la
demi-pénombre de la chambre, elle se mit à
jouer. Leonhard était allongé sur le lit, il rêvas-
sait. Au bout d'un moment, il rabattit la couver-

ture et commença à se masturber. Elle arrêta de jouer et se tourna vers la fenêtre. Il la pria de venir à lui. Theresa le regarda. Il se redressa et demanda à l'embrasser — Theresa fit non de la tête. Il se laissa retomber et dit qu'elle pouvait au moins ouvrir son corsage. Le moignon cicatrisé de son pied droit reposait comme un bout de viande sur le drap blanc. Elle alla à lui et lui caressa la joue. Puis elle se déshabilla, s'assit sur la chaise et joua les yeux fermés. Elle attendit qu'il s'endorme, se leva, nettoya le sperme sur son ventre à l'aide d'un mouchoir, le couvrit et l'embrassa sur le front.

Elle alla dans la salle de bains et vomit.

Bien que les médecins aient tenu pour impossible que Leonhard retrouvât la mémoire, le violoncelle semblait lui procurer des émotions. Lorsqu'elle jouait, elle croyait sentir une relation ténue, à peine perceptible, avec sa vie passée, un faible reflet de la tendresse qui lui manquait autant. Parfois, le lendemain, Leonhard se souvenait du violoncelle. Il en parlait et, même s'il ne pouvait établir de lien, quelque chose avait l'air d'être resté prisonnier de sa mémoire. Theresa jouait maintenant tous les soirs pour lui, il se masturbait presque toujours et presque toujours elle s'effondrait dans la salle de bains et pleurait.

Six mois après la dernière opération, ses cica-

trices commencèrent à faire souffrir Leonhard.
Les médecins laissaient entendre que d'autres
amputations étaient nécessaires. Après avoir fait
une tomographie par ordinateur ils déclarèrent
qu'il perdrait bientôt l'usage de la parole. Theresa savait qu'elle ne pourrait le supporter.

Le 26 novembre était un jour d'automne froid
et gris — tôt, l'obscurité était tombée. Theresa
avait disposé des bougies sur la table et poussa le
fauteuil roulant de Leonhard à sa place. Elle
avait acheté au KaDeWe les ingrédients de la
soupe au poisson. Il l'aimait beaucoup autrefois.
Dans la soupe, dans les petits pois, dans le cuissot
de chevreuil, dans la mousse au chocolat et
même dans le vin il y avait du Luminal, un bar-
biturique qu'elle avait pu aisément obtenir à
cause des souffrances de Leonhard. Elle le servit
en petites quantités, il ne devait pas vomir. Quant
à elle, elle ne mangea rien : elle attendait.

Leonhard eut sommeil. Elle le poussa dans la
salle de bains et fit couler l'eau dans la grande
baignoire. Elle le déshabilla, il avait à peine la
force de se tenir aux nouvelles poignées de la
baignoire. Puis elle se déshabilla à son tour et le
rejoignit dans l'eau chaude. Il était assis devant
elle, la tête calée sur sa poitrine ; sa respiration était calme et régulière. Lorsqu'ils étaient
enfants, très souvent ils avaient été ainsi dans la
baignoire — parce que Etta ne voulait pas gas-

piller d'eau. Theresa l'enlaça fermement, elle posa sa tête sur son épaule. Lorsqu'il fut endormi, elle embrassa sa nuque et le laissa glisser sous l'eau. Leonhard inspira profondément. Il ne se débattit pas contre la mort, le Luminal l'empêchait de contrôler ses actes. Ses poumons s'emplirent d'eau, il se noya. Sa tête gisait entre ses jambes, il avait les yeux fermés et ses longs cheveux flottaient à la surface. Après deux heures, elle sortit de l'eau devenue froide, posa une serviette sur le corps de son frère et me téléphona.

Elle avoua. Mais ce fut plus qu'un aveu ; elle resta assise presque sept heures face aux deux officiers chargés de l'enquête et dicta sa vie dans le protocole. Elle rendait des comptes. Elle commença par son enfance et finit par la mort de son frère. Elle n'omit rien. Elle ne pleura pas, ne s'effondra pas, elle était assise, droite comme un I, et parlait d'un débit régulier, calmement et de manière châtiée. Il ne fut pas nécessaire de poser d'autres questions. Tandis que l'employé de bureau imprimait sa déposition, nous avons fumé une cigarette dans une pièce attenante. Elle disait qu'elle ne voulait plus parler de ça, qu'elle avait tout dit. « Je n'ai rien d'autre à ajouter », conclut-elle.

Bien entendu, on délivra un mandat de dépôt pour homicide volontaire. Je lui rendis visite presque quotidiennement à la prison. Elle se faisait envoyer des livres et, même pendant les quartiers libres, ne quittait pas sa cellule. Lire l'anesthésiait. Lorsque nous nous rencontrions, elle ne voulait pas parler de son frère. Le procès à venir ne l'intéressait pas non plus. Elle préférait me lire des extraits de livres qu'elle avait cherchés dans sa cellule. C'étaient des séances de lecture dans une prison. J'aimais sa voix chaude — à l'époque, je ne le compris pas : c'était la seule possibilité qui lui restait de s'exprimer.

Le 24 décembre, j'étais auprès d'elle jusqu'à la fin des visites. Puis ils fermèrent les portes en verre blindé derrière moi. Dehors, il avait neigé, tout était paisible, c'était Noël. On ramena Theresa dans sa cellule, elle s'assit à la petite table et écrivit une lettre à son père. Puis elle déchira les draps de lit, en fit une corde et se pendit à l'espagnolette.

Le 25 décembre, Tackler reçut un appel de l'avocate de garde. Après avoir raccroché, il ouvrit le coffre, prit le revolver de son père, introduisit le canon dans sa bouche et fit feu.

L'administration pénitentiaire gardait les biens de Theresa dans une pièce prévue à cet effet. Notre mandat de procédure pénale stipule qu'en tant qu'avocats nous sommes habilités à recueillir les objets de nos clients. Un jour, la justice m'envoya un paquet avec ses habits et ses livres. Nous fîmes suivre ses affaires à sa tante de Francfort.

J'ai gardé un de ses livres, elle avait écrit mon nom sur la première page. C'était *Gatsby le Magnifique* de Scott Fitzgerald. Pendant deux ans, le livre ne bougea pas de mon bureau jusqu'à ce que je puisse de nouveau le prendre en main. Elle avait pointé en bleu les passages qu'elle voulait lire et griffonné de petites notes à côté. Il n'y avait qu'un passage qui était marqué de rouge, la dernière phrase, et, à sa lecture, je peux encore entendre sa voix :

« Car c'est ainsi que nous allons, barques luttant contre un courant qui nous ramène sans cesse vers le passé. »

# LE HÉRISSON

Les juges passèrent leurs robes dans la salle des délibérés, l'un des assesseurs eut quelques minutes de retard et l'officier de police dut être remplacé en raison de maux de dents dont il s'était plaint. Le prévenu était un Libanais grossier, Walid Abou Fataris, il gardait le silence depuis le début. Les témoins déposèrent, la victime en fit trop, on examina les preuves. C'était une simple affaire de vol que l'on jugeait, passible de cinq à quinze ans d'emprisonnement. Les juges étaient d'accord : au vu du casier judiciaire du prévenu, ils lui en donneraient pour huit ans, nul doute sur sa responsabilité ni sur sa culpabilité. Le procès pataugea mollement toute la journée. Rien de spécial en somme — du reste, il n'y avait rien de spécial à en attendre.

On allait sur 15 heures, l'audience toucherait bientôt à sa fin. Pour aujourd'hui, il ne restait plus grand-chose à faire. Le président consulta la liste des témoins, seul Karim, un frère du prévenu, devait encore être entendu. Mouais, pensa le président, on sait bien ce que valent les alibis fournis par la famille, et il le regarda par-dessus ses lunettes. Il n'avait d'ailleurs qu'une question pour ce témoin : s'il voulait bien attester que son frère Walid se trouvait à la maison lorsque le prêteur sur gages de la Wartenstrasse avait été dévalisé. Le juge posa la question à Karim de la manière la plus simple possible et même, à deux reprises, lui demanda s'il l'avait comprise.

Personne ne s'attendait à ce que Karim lâchât le moindre mot. Le président lui avait longuement expliqué qu'en tant que frère du prévenu il avait le droit de se taire. Telle était la loi. Chacun dans la salle, même Walid et son avocat, était surpris qu'il voulût bien témoigner. Maintenant, tous attendaient sa réponse, de laquelle allait dépendre l'avenir de son frère. Les juges étaient impatients, l'avocat était las et l'un des assesseurs ne cessait de regarder sa montre parce qu'il voulait encore avoir le train de 17 heures pour Dresde. Karim était le dernier témoin de cette audience — au tribunal, les moins importants sont toujours entendus en dernier. Karim savait ce qu'il faisait. Il l'avait toujours su.


Karim avait grandi dans une famille de criminels. On racontait que son oncle avait abattu six personnes au Liban pour une cagette de tomates. Chacun des huit frères de Karim avait un casier judiciaire dont la lecture publique lors d'un procès prenait jusqu'à une demi-heure. Ils avaient volé, dérobé, arnaqué, racketté et s'étaient parjurés. Il n'y avait que pour meurtre et coups et blessures ayant entraîné la mort qu'ils n'avaient pas encore été condamnés.

Au sein de cette famille, depuis des générations, les cousins avaient épousé leurs cousines, et les neveux, leurs nièces. Lorsque Karim entra à l'école, ses instituteurs soupirèrent : « Encore un Abou Fataris », et ils le traitèrent comme un idiot. Il devait s'asseoir tout au fond de la classe ; son premier maître lui expliqua, à lui qui n'avait que six ans, qu'il ne devait pas se faire remarquer ni se battre et qu'il devait se taire. Alors Karim se tut. Il comprit très vite qu'il ne devait pas montrer qu'il était différent. Ses frères le frappaient derrière la tête parce qu'ils ne saisissaient pas ce qu'il disait. Dans le meilleur des cas, ses camarades de classe — par la grâce d'un modèle d'intégration municipal, la première classe comptait 80 pour cent d'étrangers — se moquaient de lui quand il tentait de leur expliquer quelque chose. Le plus souvent, lorsque son comportement leur semblait trop différent, ils le frappaient. Karim s'employa alors à avoir de mauvaises notes — il ne pouvait faire autrement.

À dix ans, il avait appris les probabilités, le calcul intégral et la géométrie analytique dans un manuel qu'il avait piqué dans la bibliothèque des profs. Cependant, concernant les devoirs sur table, il évaluait combien d'exercices ridiculement simples il devait rater pour obtenir un quatre moins qui passe inaperçu. Parfois, il avait l'impression que son cerveau vrombissait lorsqu'il se heurtait à un problème de mathématiques du livre qui passait pour insoluble. C'étaient là ses moments de bonheur intime.

Il habitait, comme ses autres frères, y compris le plus âgé, celui de vingt-six ans, chez sa mère ; son père était mort peu après sa naissance. L'appartement familial, à Neukölln, avait six chambres. Six chambres pour dix personnes. Il était le plus jeune, c'est donc le débarras qui lui échut. Le vasistas était en verre dépoli, il y avait une étagère en sapin. Là atterrissaient les choses dont plus personne ne voulait : balais sans manche, seau à ménage sans anse, des câbles pour lesquels il n'y avait plus d'appareils. Il y passait toutes ses journées, assis devant son ordinateur et, tandis que sa mère croyait qu'à l'instar de ses frères, grands et forts, il jouait à des jeux vidéo, il lisait des classiques sur gutenberg.de.

À douze ans, pour la dernière fois, il essaya de devenir comme ses frères. Il écrivit un programme qui craquait les sécurités électroniques de la Postbank — il permettait de prélever en toute discrétion le centième d'un montant en centimes sur des millions de comptes. Ses frères ne comprirent pas ce que « l'Idiot », ainsi qu'ils

l'avaient surnommé, leur avait donné. Ils le frappèrent une fois de plus sur l'arrière de la tête et
jetèrent aux ordures le CD avec le programme.
Seul Walid pressentait que Karim leur était supérieur, il le prit sous sa protection contre ses rus-
tauds de frères.


Lorsque Karim eut dix-huit ans, il quitta l'école.
Il fit en sorte d'obtenir de justesse ses examens
de fin de scolarité professionnelle. Personne,
dans sa famille, n'était arrivé si loin. Il emprunta
8 000 euros à Walid. Celui-ci pensa que Karim
avait besoin de l'argent pour faire du trafic de
drogue et les lui donna volontiers. Karim, entre-
temps, en avait tant appris sur la Bourse qu'il
spécula via Internet sur le marché du Forex. En
l'espace d'un an, il se fit presque 700 000 euros.
Il loua un petit appartement dans un quartier
bourgeois, quittait chaque matin le foyer familial
et faisait ce qu'il fallait de détours afin d'être sûr
et certain que personne ne l'avait suivi. Il amé-
nagea son refuge, s'acheta des livres de mathématiques, un ordinateur plus puissant et passait
son temps à spéculer en Bourse et à bouquiner.
Sa famille présumait que « l'Idiot » faisait du
trafic de drogue et en était satisfaite. Bien
entendu, il était bien trop maigrichon pour un
Abou Fataris. Jamais il ne mettait les pieds au
Kick and Fight, un club de sport, mais il portait
tout de même, comme eux, des chaînes en or,

des chemises de satin aux couleurs vives, des vestes noires en cuir Nappa. Il s'exprimait dans l'argot de Neukölln et il gagna même un peu en respect parce que, jamais encore, il n'avait été pris sur le fait. Ses frères ne le prenaient pas au sérieux. Leur aurait-on demandé, ils auraient répondu à son sujet qu'il faisait partie de la famille, ni plus ni moins. D'ailleurs, on ne s'en souciait guère.

De sa double vie personne ne soupçonnait quoi que ce soit — ni non plus que Karim possédait une tout autre garde-robe, ni même qu'il avait aisément obtenu son bac en suivant des cours du soir ni, ça va de soi, qu'il assistait deux fois par semaine à des séminaires de mathématiques à l'université technique. Il détenait une petite fortune, payait des impôts, il avait une jolie copine, étudiante en littérature qui ignorait tout de Neukölln.


Karim avait lu les dossiers de la procédure engagée contre Walid. Tous, dans la famille, les avaient eus entre les mains, lui seul en avait compris le contenu. Walid avait braqué un prêteur sur gages, volé 14 490 euros et s'était précipité chez lui afin de se procurer un alibi. La victime avait alerté la police et livré une description précise du coupable : nul doute pour les deux officiers de police judiciaire qu'il devait s'agir d'un Abou Fataris. Il est vrai que les frères se ressemblaient incroyablement, une particularité qui, souvent déjà, leur avait sauvé la mise. Aucun témoin ne pouvait les différencier au cours d'une confrontation — même sur les bandes des caméras de sécurité on peinait à les distinguer.

Cette fois-ci, les policiers furent rapides. Walid avait caché le butin en chemin et jeté l'arme du crime dans la Spree. Lorsque la police fit irruption dans l'appartement, il buvait du thé assis sur le sofa. Il portait un T-shirt vert pomme orné d'une inscription jaune fluo : « FORCED TO WORK ». Il ignorait ce que cela signifiait mais trouvait ça beau. Les policiers l'arrêtèrent. Invoquant le principe du « Péril en la demeure » ils causèrent les « dégâts rendus nécessaires par la perquisition » : ils éventrèrent les sofas, vidèrent les tiroirs sur le sol, renversèrent les armoires, allèrent même jusqu'à arracher les plinthes du mur parce qu'ils supposaient que s'y trouvaient des planques. Ils firent chou blanc.

Walid demeura cependant en détention — de toute évidence, c'était bien son T-shirt qu'avait décrit le prêteur sur gages. Les deux policiers se réjouissaient d'avoir enfin mis la main sur un Abou Fataris : on allait pouvoir le mettre hors d'état de nuire pour au moins cinq ans.


Karim était assis dans le box des témoins et levait les yeux vers la cour. Il savait que personne dans la salle ne le prendrait au sérieux s'il ne fournissait à Walid qu'un simple alibi. N'oublions pas qu'il était un Abou Fataris, membre d'une famille que le parquet avait présentée comme très connue des services de police. Chacun ici s'attendait à ce qu'il mente. Il devait donc sortir le grand jeu — sans quoi, Walid serait mis à l'ombre pour plusieurs années.

Karim pensait à la phrase d'Archiloque, fils d'esclave, qui était son leitmotiv : « Le renard sait beaucoup de choses, mais le hérisson sait quelque chose d'important. » Que les juges et les procureurs soient les renards, alors il se ferait hérisson — et il connaissait son rôle sur le bout des doigts.

« Monsieur le juge… », dit-il et il éclata en sanglots. Il était bien conscient que cela ne toucherait personne mais qu'on lui prêterait un peu plus d'attention. Karim se donnait tout le mal du monde pour avoir l'air idiot mais crédible. « Monsieur le juge, Walid est resté toute la soirée à la maison. » Il laissa la pause produire son effet. Il vit du coin de l'œil que le procureur prenait des réquisitions, qu'il ouvrait une procédure pour faux témoignage.

« C'est cela, toute la soirée à la maison… », dit le président et il se pencha en avant. « Mais la victime a formellement identifié Walid. »

Le procureur hocha la tête, l'avocat se plongea dans ses dossiers.

Karim connaissait les photos de la confrontation versées au dossier. Quatre policiers qui rendaient une caricature de policiers : petites moustaches blondes, sacs banane, chaussures de sport. Puis Walid : une tête de plus et deux fois plus large, teint basané, T-shirt vert avec une inscription jaune. Une nonagénaire à moitié aveugle, absente au moment des faits, l'aurait « formellement identifié ».

Karim sanglota de nouveau et se moucha dans sa manche de veste. Un peu de matière en pendouillait qu'il considéra avant de dire :

« Non, Monsieur le juge, c'était pas Walid, s'il vous plaît, croyez-moi.

— Je vous rappelle une fois de plus que, si vous souhaitez témoigner ici, vous devez dire la vérité.

— C'est bien ce que je fais.

— Vous vous exposez à de lourdes peines, vous risquez la prison ! » dit le juge.

Profitant de l'avertissement, il voulait s'abaisser au niveau de Karim. Puis il reprit d'un air supérieur : « Alors, qui était-ce, puisque ce n'était pas Walid ? » Il regarda dans l'assemblée, le procureur souriait.

« Oui, qui donc ? » répéta le procureur. Il reçut un regard noir du président, c'était lui qui menait les débats.

Karim hésita aussi longtemps qu'il le put. Dans sa tête, il compta jusqu'à cinq puis dit :

« Imad.

— Comment? Que voulez-vous dire avec
"Imad"?

— C'était Imad, pas Walid, répondit Karim.

— Et qui est cet Imad?

— Imad, c'est mon autre frère. »

Le président le regarda étonné, même l'avocat
se réveilla brusquement. Un Abou Fataris brise
les règles et charge quelqu'un de sa propre
famille? se disaient-ils tous.

« Mais Imad est parti avant que la police arrive,
ajouta Karim.

— Oui? Bon. » Le président commençait à
s'énerver. Quels absurdes bavardages, pensait-il.

« Il m'a donné ça aussi », dit Karim. Il était
conscient que le témoignage seul ne suffirait
pas. Il avait déjà commencé, des mois avant le
procès, à retirer de son compte différentes sommes. L'argent se trouvait maintenant dans une
enveloppe marron, dans les mêmes coupures
que celles qui avaient été volées par Walid. Il la
tendit au président.

« Qu'y a-t-il à l'intérieur? demanda le juge.

— J'sais pas », dit Karim.

Le juge déchira l'enveloppe et en sortit l'argent. Il ne fit pas cas des empreintes digitales
— de toute façon, il aurait été impossible d'en
trouver. Il compta à voix haute, lentement :

« Ça fait 14 490 euros. Et Imad vous les a
donnés le soir du 17 avril?

— Oui, monsieur le Juge. C'est ça. »

Le président médita puis il posa la question

par laquelle il voulait venir à bout de ce Karim. Il le fit avec une pointe de raillerie :

« Monsieur Abou Fataris, pouvez-vous vous rappeler quels vêtements Imad portait lorsqu'il vous a donné l'enveloppe ?

— Euh… attendez… »

Soulagement sur le banc des magistrats. Le président se renversa en arrière.

Maintenant, tout doucement, marque une pause, force-toi à faire une pause, pensa Karim. Et de dire :

« Jeans, veste en cuir noire, T-shirt.

— Comment, le T-shirt ?

— Alors ça, j'en sais plus rien », dit Karim.

Le président regarda avec satisfaction son rapporteur qui, plus tard, devait rédiger le jugement. Les deux juges se firent un signe de tête.

« Euh… », Karim se gratta la tête. « Ah ! oui, je m'rappelle. Nous avons tous eu ces T-shirts de notre oncle. Il les a eus pour pas cher et nous les a offerts. Il y a écrit un truc dessus, en anglais, comme quoi on doit travailler, un truc dans le genre… genre drôle, quoi.

— Voulez-vous dire ce T-shirt que votre frère Walid porte sur la photo ? » Le président plaça devant Karim une photo tirée du dossier.

« Oui, oui, monsieur le juge. Absolument. C'est ça. On en a plein des comme ça. J'en porte un, là. Mais sur la photo, c'est Walid, pas Imad.

— Oui, oui, je le sais, répondit le président.

— Montrez voir », dit le procureur.

Enfin, pensa Karim. Et il dit :

« Quoi, montrer ? Ils sont dans l'appartement.

— Non, celui-ci, là, celui que vous portez, je voulais dire.

— Vraiment ? Là, tout de suite ? demanda Karim.

— Oui, oui, allez-y ! » répondit le président.

Lorsque, à son tour, le procureur approuva avec gravité, Karim haussa les épaules. Il ouvrit le plus indifféremment qu'il le pouvait la fermeture Éclair de sa veste en cuir et en écarta les pans. Il portait le même T-shirt que Walid sur la photo tirée du dossier. Karim, la semaine passée, en avait fait faire vingt pièces dans un des innombrables *copy shop* de Kreuzberg, les avait distribués à tous ses frères et en avait déposé dix de plus dans l'appartement familial — en cas de nouvelle perquisition.

L'audience fut interrompue et Karim envoyé dehors. Juste avant, il entendit le juge dire au procureur qu'il ne restait que la confrontation, qu'on n'avait pas d'autres preuves. Le premier round s'est bien passé, pensa-t-il.

Lorsque Karim fut de nouveau appelé à la barre, on lui demanda s'il avait des antécédents judiciaires, ce qu'il nia. Le Parquet fournit un extrait de casier qui confirma ses dires.

« Monsieur Abou Fataris, demanda le procureur, vous êtes bien conscient qu'avec votre témoignage vous accablez Imad ? »

Karim approuva et regarda, honteux, ses chaussures.

« Pourquoi faites-vous ça ?

— Euh…, se permit-il même de bafouiller, Walid, c'est aussi mon frère. Je suis le plus jeune, ils disent tous toujours que je suis l'idiot et ce genre de choses. Mais que ce soit Walid ou Imad, c'est tous les deux mes frères, vous voyez ? Et si c'était un autre frère, alors Walid, il peut pas aller en prison à la place d'Imad. Ce qui serait le mieux, c'est que ce soit un autre, qu'a rien à voir avec la famille… mais c'est un de mes frères. C'est Imad, voilà. »

C'est à ce moment-là que Karim porta le coup fatal.

« Monsieur le juge, dit-il, c'était pas Walid, vraiment. Mais c'est vrai que Walid et Imad ils se ressemblent énormément, regardez… » Il trifouilla dans son porte-monnaie crasseux, en sortit une photo de famille froissée avec les neuf frères et la tendit au président, si près de son nez que c'en était gênant. Le président s'en saisit et, énervé, la posa devant lui.

« Le premier, là, c'est moi. Le deuxième, monsieur le Juge, c'est Walid, le troisième, c'est Farouk, le quatrième, c'est Imad, le cinquième, c'est…

— Pouvons-nous garder la photo ? interrompit le commis d'office, un avocat d'un certain âge, avenant, auquel subitement l'affaire ne paraissait plus si désespérée.

— Que si je la récupère, j'ai que celle-ci. On l'a faite pour tante Halima, au Liban. Il y a six mois, les neuf frères côte à côte, vous voyez? »

Karim regarda les différents acteurs du procès, afin de voir s'ils comprenaient.

« Pour que ma tante les voie tous. Puis on l'a pas envoyée parce que Farouk a dit qu'il avait l'air bête. »

Karim observa de nouveau la photo.

« C'est vrai qu'il a l'air bête là-dessus, Farouk. Il est pas du tout… »

Le président coupa court. « Retournez à votre place, monsieur le témoin. »

Karim regagna son box et reprit depuis le début :

« Alors, je répète, monsieur le Juge. Le premier, là, c'est moi, le deuxième, c'est Walid, le troisième, c'est Farouk, le quatrième…

— Merci, dit le juge irrité, nous avons bien saisi.

— Faut bien savoir que tout le monde les confond. À l'école, les profs aussi les ont confondus. Une fois, pendant une interro en bio, faut dire que Walid, en bio, il était nul, ils ont…, continua Karim concentré.

— Merci, merci, dit le juge à voix haute.

— Non, mais j'explique juste l'histoire du contrôle de bio, ce qui s'est passé….

— Non », répondit le juge.

On congédia Karim en tant que témoin. Il quitta la salle.

Le prêteur sur gages était assis dans le public. Le tribunal l'avait déjà entendu mais il souhaitait être là pour la sentence. En fin de compte, c'était lui la victime. Il fut de nouveau appelé à la barre, on lui présenta la photo de famille. Il avait compris qu'il retournait du « numéro 2 », il devait donc le reconnaître. Il dit alors — un peu trop vite, ainsi que plus tard il l'admit lui-même — que « bien sûr, l'agresseur devait être le deuxième homme sur la photo ». Ça ne faisait pas l'ombre d'un doute, ça devait être l'agresseur, oui, absolument certain, le « numéro 2 ». Le tribunal s'apaisa un peu.

Pendant ce temps, Karim, devant la porte, se demandait si les juges mettraient longtemps à prendre pleinement conscience de la situation. Il ne faudrait que peu de temps au président, il déciderait d'interroger de nouveau le prêteur sur gages. Karim attendit exactement quatre minutes et — sans y avoir été invité — retourna dans la salle. Il vit le prêteur sur gages penché sur la photo, par-dessus la chaire du juge. Tout allait comme sur des roulettes. Puis Karim débita, à voix haute et avec légèreté, qu'il avait encore oublié quelque chose, qu'on ferait bien de l'écouter encore, s'il vous plaît, juste une seconde, que c'était très important. Le président, qui n'aimait pas ce genre d'interruptions, dit exaspéré :

« Bon, alors quoi encore ?

— Désolé, j'ai fait une erreur, une erreur stupide, monsieur le Juge, débile. »

Karim eut immédiatement l'attention de toute l'assistance. Tous s'attendaient à ce qu'il revienne sur ses déclarations à l'encontre d'Imad. Ce genre de choses arrive fréquemment.

« Bon, *Imad*, monsieur le Juge, *c'est* le deuxième sur la photo. Walid, c'est pas le deuxième, c'est le quatrième. Désolé, je suis juste tout retourné. Toutes ces questions et caetera. Excusez-moi. »

Le président hocha la tête, le prêteur sur gages devint tout rouge, l'avocat de la défense ricana.

« Le deuxième, c'est bien ça ? répondit le juge furieux, le deuxième alors…

— Oui, oui, le deuxième. Vous savez, monsieur le Juge, dit Karim, on a écrit pour la tante au dos qui était qui, afin qu'elle le sache aussi, parce qu'elle, la tante, elle nous connaît même pas tous. Elle voulait tous nous voir mais elle peut pas venir en Allemagne, à cause du droit d'entrée et tout. Mais on est tant de frères. Monsieur le Juge, retournez donc la photo. Vous voyez ? Il y a tous les noms dans l'ordre, comme ils sont devant, je veux dire de l'autre côté, sur la photo. Et au fait, je la récupère quand, la photo ? »

Après avoir tiré du fichier des photos d'Imad

et les avoir examinées avec soin, le tribunal dut prononcer la relaxe de Walid.

Imad fut arrêté. Il put cependant, ainsi que Karim le savait, prouver grâce à ses visas d'entrée et de sortie qu'il se trouvait au Liban au moment des faits. Il fut relâché deux jours plus tard.

Le Parquet finit par ouvrir une enquête au sujet de Karim pour faux témoignage et dénonciation calomnieuse à l'encontre d'Imad. Karim me raconta son histoire et nous décidâmes qu'à l'avenir il se tairait. Ses frères également ; en tant que parents proches, ils pouvaient exercer leur droit de refus de témoigner. Le procureur était à court de preuves. Lorsque tout fut fini, seules de lourdes présomptions subsistèrent à l'encontre de Karim. Il avait tout anticipé, avec justesse, il ne pouvait pas être inculpé. Il y avait bien trop d'autres possibilités : Walid aurait pu, par exemple, donner l'argent à Imad, ou encore, l'un des autres frères aurait pu voyager avec le passeport d'Imad — il faut bien reconnaître que les frères se ressemblaient comme des gouttes d'eau.

Bien sûr qu'ils frappèrent de nouveau Karim derrière la tête ! Ils n'avaient pas compris que Karim avait sauvé Walid, qu'il avait battu la justice.

Karim ne dit rien. Il songeait au hérisson et au renard.

# QUELLE CHANCE !

Son client faisait de la politique depuis vingt-cinq ans. Il se déshabilla tout en expliquant comment il avait travaillé dur pour en arriver là. Il avait collé des affiches, tenu des discours dans les arrière-salles de locaux exigus, ménagé sa circonscription électorale et il avait déjà exercé trois mandats de député — il occupait une position intermédiaire sur la liste du parti. Il disait qu'il avait des amis, qu'il présidait également une commission d'enquête. Bien sûr, ce n'était qu'une commission d'enquête insignifiante — qu'importe, il en était le président. Il se tenait devant elle en sous-vêtements. Irina ignorait ce qu'était une commission d'enquête.

Le gros homme trouvait la pièce trop étroite. Il suait. Aujourd'hui, il devait le faire le matin — à 10 heures il avait une réunion. La jeune femme avait dit que ça n'était pas un problème. Le lit avait l'air propre et elle était belle. Elle n'avait pas plus de vingt ans, sa poitrine était belle, sa bouche charnue, elle mesurait au moins

1,75 mètre. Comme la plupart des jeunes femmes d'Europe de l'Est, elle était trop maquillée. Le gros homme aimait ça. Il tira 70 euros de son portefeuille et s'assit sur le lit. Il avait posé avec soin ses habits sur la chaise, ça lui tenait à cœur qu'il n'y ait pas de faux plis. La jeune femme lui retira son caleçon. Elle poussa les bourrelets de son ventre vers le haut, il ne voyait plus que ses cheveux et il savait qu'elle allait y mettre le temps. C'est son boulot, après tout, pensa-t-il avant de se renverser en arrière. La dernière chose que le gros homme ressentit fut une vive douleur dans la poitrine ; il voulut lever les mains et dire à la jeune femme d'arrêter — il ne parvint qu'à grogner.

Irina prit le grognement pour un acquiescement, elle continua quelques minutes jusqu'à remarquer que l'homme restait muet. Elle regarda vers le haut. Sa tête était tournée sur le côté, de la salive coulait sur l'oreiller, ses yeux étaient révulsés. Elle lui cria dessus et, comme il ne bougeait toujours pas, alla chercher un verre d'eau dans la cuisine et le lui jeta au visage. L'homme ne broncha pas. Il avait encore ses chaussettes, il était mort.


Irina vivait à Berlin depuis un an et demi. Elle aurait préféré rester dans son pays, là où elle était allée au jardin d'enfants et à l'école, où vivaient ses amis et sa famille et dont la langue était son chez-soi. Irina y avait été couturière, elle avait un bel appartement avec tout ce qu'il fallait : meubles, livres, CD, plantes, album photos, un chat noir et blanc qu'elle avait recueilli. La vie avait pourvu à tous ses besoins, elle s'en était réjouie. Elle concevait des vêtements pour dames, elle en avait déjà cousu quelques-uns, en avait même vendu deux. Ses esquisses étaient légères et transparentes. Elle rêvait d'ouvrir une boutique dans la rue principale.

Mais son pays était en guerre.

Un week-end, elle alla chez son frère à la campagne. Il avait repris la ferme familiale, ce qui lui avait évité d'entrer dans l'armée. Elle le persuada d'aller au petit lac qui jouxtait la ferme. Ils étaient assis dans le soleil de l'après-midi, sur le débarcadère ; Irina lui parla de ses projets et lui montra le cahier avec ses nouvelles esquisses. Il se réjouit et passa son bras sur ses épaules.

De retour à la ferme, ils y trouvèrent les soldats. Ils fusillèrent son frère et violèrent Irina. Dans cet ordre-là. Il y avait quatre soldats. L'un d'eux lui cracha au visage pendant qu'il était sur elle. Il la traita de pute et la frappa aux yeux. Puis elle n'opposa plus de résistance. Lorsqu'ils s'en furent, elle resta allongée sur la table de la cuisine. Elle s'enroula dans la nappe rouge et blanche, et ferma les yeux. Elle espérait que ce serait pour toujours.

Le lendemain, elle retourna au lac. Elle pensait que c'était simple de se noyer — elle n'y parvint pas. Lorsqu'elle refit surface, elle ouvrit grand la bouche, ses poumons s'emplirent d'oxygène. Elle était nue dans l'eau, il n'y avait que les arbres de la berge, les roseaux et le ciel. Puis elle se mit à crier. Elle cria jusqu'à ne plus avoir de forces, elle cria contre la mort, la solitude et la douleur. Elle savait qu'elle survivrait. Elle savait également que ce n'était plus son pays.

Une semaine plus tard, ils avaient enterré son frère. C'était une tombe simple avec une croix en bois. Le prêtre parla de faute et de pardon pendant que le maire regardait le sol et serrait les poings. Elle donna les clefs de la ferme aux voisins les plus proches, leur offrit les quelques bêtes et tout ce qu'il y avait dans la maison. Puis elle prit sa petite valise et son sac à main, et gagna la capitale en bus. Elle ne se retourna pas — elle laissa même son carnet d'esquisses.


Elle s'enquit dans la rue et dans les bistrots de passeurs qui pourraient l'emmener en Allemagne. L'intermédiaire était habile, il lui prit tout l'argent qu'elle possédait. Il savait qu'elle était en quête de sécurité et qu'elle paierait pour ça — il y en avait beaucoup comme Irina, elles étaient une affaire juteuse.

Irina et les autres partirent vers l'Ouest dans un petit bus. Au bout de deux jours elles firent halte dans une clairière, descendirent et s'enfoncèrent dans la nuit. L'homme qui les conduisait à travers les ruisseaux et le marais parlait peu et quand elles n'en purent plus il dit qu'ils étaient arrivés en Allemagne. Un autre bus les emmena à Berlin. Il s'arrêta quelque part en périphérie, il faisait froid et il y avait du brouillard, Irina était fatiguée mais elle se croyait maintenant en sécurité.

Au cours des mois qui suivirent, elle fit la connaissance d'hommes et de femmes de son pays. Ils lui parlèrent de Berlin, des pouvoirs publics et des lois. Irina avait besoin d'argent. Elle ne pouvait travailler légalement en Allemagne — elle n'avait pas même le droit de s'y trouver. Les premières semaines, les femmes l'aidèrent. Elle était sur la Kurfürstenstrasse, elle apprit les prix pour les relations buccales et vaginales. Son corps lui était devenu étranger, elle l'employait comme un outil, elle voulait survivre — même si elle ignorait dans quel but. Elle n'avait plus l'impression d'habiter son corps.


Tous les jours, il était là, assis sur le trottoir. Elle le voyait lorsqu'elle rejoignait des hommes dans leur voiture, elle le voyait encore lorsqu'elle rentrait chez elle, au matin. Il avait posé un gobelet en plastique devant lui, dans lequel, parfois, les gens jetaient une pièce. Elle s'habituait à son spectacle, il était toujours là. Il lui souriait — au bout de quelques semaines, elle lui sourit en retour.

Au début de l'hiver, Irina lui apporta une couverture d'une friperie. Il s'en réjouit. « Je m'appelle Kalle », dit-il et il laissa son chien s'asseoir sur la couverture. Il l'emmitoufla et le caressa derrière les oreilles alors que lui-même était accroupi sur quelques journaux. Kalle portait des pantalons fins — il gelait tandis qu'il revigorait son chien. Les jambes d'Irina tremblaient, elle accéléra. Elle s'assit sur un banc au coin de la rue, ramena ses genoux contre son buste et y mit sa tête. Elle avait dix-neuf ans : déjà un an que plus personne ne l'avait réchauffée. Elle pleura pour la première fois depuis ce funeste après-midi au pays natal.

Lorsque son chien fut écrasé, elle se tenait de l'autre côté de la rue. Elle vit Kalle traverser en un éclair de seconde et tomber à genoux devant la voiture. Il souleva le chien. Le conducteur l'interpella mais Kalle avançait au milieu de la rue, son chien dans les bras. Il ne se retourna pas. Irina lui courut après, elle comprenait sa douleur et, d'un coup, elle réalisa qu'ils avaient le même destin. Ensemble, ils enterrèrent le chien dans le parc municipal, Irina tenait la main de Kalle.

C'est ainsi que tout avait commencé. Un jour, ils décidèrent de tenter leur chance à deux. Irina déménagea de sa pension crasseuse, ils trouvèrent un studio, ils achetèrent une machine à laver et un téléviseur puis, au fil du temps, tout le reste. C'était le premier appartement de Kalle. À seize ans, il était parti de chez lui, depuis il vivait dans la rue. Irina lui coupa les cheveux, lui acheta des pantalons, des T-shirts, des pull-overs et deux paires de chaussures. Il trouva un boulot de distributeur de prospectus. Le soir, il donnait un coup de main dans un bar.

Maintenant, les hommes venaient la voir chez eux, Irina n'avait plus besoin de descendre dans la rue. Lorsqu'au matin ils étaient de nouveau seuls, ils sortaient draps et taies de l'armoire, s'allongeaient et se serraient. Lovés l'un contre l'autre, nus, silencieux et sans bouger, ils n'écoutaient que la respiration de l'autre et laissaient le monde de côté. Jamais ils ne parlaient du passé.

Irina avait peur du gros homme mort, elle avait peur d'être placée en centre de rétention et d'être expulsée. Elle irait chez une amie où elle attendrait Kalle. Elle prit son sac et dévala les escaliers. Elle oublia son portable dans la cuisine.

Comme tous les matins, Kalle s'était rendu à vélo, avec une petite remorque, dans la zone industrielle. Aujourd'hui, l'homme qui répartissait le travail n'avait rien pour lui. Kalle mettait trente minutes pour rentrer à la maison. Il prit l'ascenseur. Il crut entendre le bruit des chaussures d'Irina dans l'escalier. Lorsqu'il ouvrit la porte de l'appartement, elle sortait tout juste de l'immeuble et rejoignait l'arrêt de bus.

Kalle s'assit sur l'une des deux chaises en bois et regarda le gros homme mort et son tricot de corps d'un blanc éclatant. Sur le sol, il y avait les petits pains qu'il avait amenés. C'était l'été, il faisait chaud dans la chambre.

Kalle essaya de se concentrer. Irina irait en prison puis elle devrait retourner dans son pays. Peut-être que le gros homme l'avait battue ; elle ne faisait rien sans raison. Kalle pensait à ce jour où ils étaient allés à la campagne par le train, ils s'étaient allongés dans un pré et Irina avait eu l'air d'être une enfant. Il avait été heureux. Maintenant, il pensait qu'il fallait payer. Et Kalle songea à son chien. De temps à autre, il se rendait à l'emplacement où il était enterré, au parc, pour vérifier que rien n'avait changé.

Au bout d'une demi-heure, Kalle fut certain que ça n'avait pas été une bonne idée. Il n'avait gardé que son caleçon — il avait enlevé tout le reste. Sa sueur se mélangeait au sang dans la baignoire. Il avait recouvert la tête de l'homme d'un sac en plastique, il ne voulait pas le voir pendant son œuvre. D'abord, il s'y était mal pris et avait essayé de couper les os. Puis il se rappela comment l'on découpe un poulet et il tourna le bras du gros homme jusqu'à le désolidariser de l'épaule. Ça allait mieux ainsi, il n'y avait qu'à trancher dans le muscle et la fibre. Au bout d'un moment, le bras se retrouva sur le carrelage jaune, la montre était encore autour du poignet. Kalle se tourna vers la lunette des WC et vomit une fois de plus. Il fit couler de l'eau dans le lavabo, y plongea la tête et se rinça la bouche. L'eau était froide et faisait mal aux dents. Il regarda dans le miroir et ne savait plus s'il se trouvait devant ou derrière. L'homme en face de lui devait bouger afin que lui, Kalle, puisse bouger. L'eau déborda du lavabo et lui éclaboussa les pieds, Kalle revint à lui. Il s'agenouilla à nouveau sur le sol et prit la scie.

Trois heures plus tard il avait séparé les membres du tronc. Il acheta des sacs-poubelle noirs dans une épicerie. La caissière le regarda bizarrement. Kalle essayait de ne pas penser à ce qu'il ferait de la tête — il n'y arriva pas. Si elle reste avec le cou, je ne peux pas mettre l'homme dans la remorque, impossible que ça rentre, pensa-t-il. Il quitta le magasin, sur le trottoir s'entretenaient deux ménagères, un train de banlieue passa, un jeune garçon, d'un coup de pied, envoya une pomme de l'autre côté de la rue. Kalle se mit en colère. « Je ne suis pourtant pas un assassin », dit-il à haute voix en passant devant un jardin d'enfants. Une mère se retourna sur lui.

Il se ressaisit. Une des coques sur la poignée de la scie égoïne se détacha, Kalle se coupa le doigt. Il pleurait comme un enfant, des bulles apparaissaient sous ses narines, il sciait les yeux fermés. Il pleurait et sciait et pleurait et sciait. Il maintenait la tête du gros homme coincée sous son bras, le sac en plastique était devenu glissant et lui échappait continuellement. Lorsque enfin il eut séparé la tête du tronc, il s'étonna que ce fût aussi lourd. Comme un sac de charbon de bois, pensa-t-il, et il fut surpris d'avoir pensé à cela : Kalle jamais n'avait fait de barbecue.

Il traîna le plus gros des sacs dans l'ascenseur et s'en servit pour en bloquer la porte automatique. Puis il alla chercher le reste. Les sacs-poubelle tinrent bon, pour le torse il les avait doublés. Il entra la remorque de son vélo dans le hall de l'immeuble, personne ne l'observait. Il n'y avait que quatre sacs. Seuls les bras étaient dans un sac à dos ; la remorque était pleine, ils en seraient tombés.

Kalle avait passé une chemise propre. Il lui fallait vingt minutes pour aller au parc municipal. Il pensait à la tête, aux cheveux fins et aux bras. Il sentait les doigts du gros homme dans son dos : ils étaient mouillés. Il descendit du vélo et posa son sac à dos. Puis il se laissa tomber sur le gazon. Il s'attendait à ce que les gens viennent à lui et se mettent à crier, mais il ne se passa rien. Il ne se passa strictement rien.

Kalle était étendu là, il regardait le ciel et attendait.

Il enterra le gros homme tout entier dans le parc municipal. Le manche de la bêche se brisa, il s'agenouilla et en tint le fer avec les mains. Il fourra le corps dans le trou, à quelques mètres du chien mort. Ce n'était pas assez profond, il tassa les sacs avec ses pieds. La chemise qu'il venait d'enfiler était sale, ses doigts noirs et en sang, sa peau le grattait. Il jeta les restes de la bêche dans une poubelle. Puis il s'assit presque une heure durant sur un banc public. Il regardait les étudiants jouer au Frisbee.

Lorsque Irina revint de chez son amie, le lit était vide. Sur la chaise, il y avait encore la veste et le pantalon plié du gros homme. Elle regarda dans la salle de bains et se tapa sur la bouche pour ne pas crier. Elle comprit sur-le-champ : Kalle avait essayé de la sauver. La police le trouverait. Ils croiront qu'il a tué le gros homme. Les Allemands résolvent tous les meurtres, ils le montraient continuellement à la télévision, pensa-t-elle. Kalle irait en prison. Dans la veste du gros homme un portable sonnait sans cesse. Elle devait prendre une décision.

Elle alla dans la cuisine et appela la police. Les fonctionnaires comprirent à peine ce qu'elle dit. Quand ils arrivèrent, ils regardèrent dans la salle de bains et l'arrêtèrent. Ils demandèrent où était le corps, Irina était incapable de répondre. Elle répétait sans cesse que le gros homme était mort « normalement », que c'était le « cœur qui était mort ». Bien entendu, les fonctionnaires ne la crurent pas. Lorsque, menottée, elle fut conduite en dehors de l'immeuble, Kalle rentrait. Elle le regarda en secouant la tête. Kalle ne comprit pas, il sauta du vélo et courut à elle. Il trébucha. Les policiers l'arrêtèrent également. Plus tard, il dit que c'était bien ainsi, que, de toute façon, il n'aurait su que faire sans Irina.

Kalle se tut. Il avait appris à se taire et la prison ne lui faisait pas peur. Il y avait souvent été, cambriolages et vols. Il avait entendu mon nom en prison et me pria d'assurer sa défense. Il voulait savoir ce qu'il adviendrait d'Irina, son propre sort lui était égal. Il dit qu'il n'avait pas d'argent, que je devais m'occuper de sa copine.

Que Kalle passe aux aveux, alors il serait sauvé — mais il était difficile à convaincre. Il ne faisait que demander si ça ne porterait pas préjudice à Irina. Il serrait mes avant-bras, il tremblait, il disait qu'il ne voulait pas faire d'erreur. Je le calmai et promis de trouver un avocat pour Irina. Enfin, il accepta.

Il conduisit les fonctionnaires au trou du parc municipal et assista à l'exhumation du gros homme et au tri des différentes parties du corps. Il montra même au policier l'endroit où il avait enterré son chien. C'était un malentendu, ils exhumèrent aussi le squelette du chien et regardèrent Kalle d'un air interrogateur.

Les médecins légistes constatèrent que toutes

les blessures avaient été infligées une fois la mort survenue. Le cœur du gros homme fut examiné : nul doute qu'il avait succombé à un infarctus. Le soupçon d'homicide ne valait donc plus.

Finalement, les griefs retenus ne se limitaient qu'au démembrement. Le procureur pensa à une accusation pour atteinte au respect dû aux morts. D'après la loi, il est interdit « de porter atteinte » à l'intégrité du cadavre. « Découper à la scie et enterrer un mort constitue une grave atteinte », dit le procureur.

Le procureur avait raison. Mais là n'était pas le problème. Tout dépend de ce que recherche un accusé. Le but de Kalle était de sauver Irina, pas de porter atteinte au mort. « Délit passionnel », dis-je. Je produisis une décision de justice de la Cour fédérale qui donna raison à Kalle. Le procureur haussa les sourcils mais il referma le dossier.

Les mandats de dépôt furent levés, ils furent tous deux libérés. Irina, avec l'aide d'une avocate, fit une demande d'asile et fut autorisée, dans un premier temps, à rester à Berlin. Elle n'alla pas en centre de rétention.


Ils étaient assis l'un à côté de l'autre sur le lit. La charnière de l'une des portes de l'armoire avait été cassée pendant la perquisition, elle était faussée dans les gonds. Sinon, rien n'avait changé. Irina tenait la main de Kalle, il regardait par la fenêtre.

« Maintenant, nous devons faire autre chose », dit Kalle. Irina acquiesça et songea qu'ils avaient bien de la chance.

# CHANGEMENT D'HEURE

Consuela songeait à l'anniversaire de son petit-fils. Aujourd'hui, elle devrait acheter la console de jeux. Depuis sept heures, elle était de service. Le travail de femme de chambre était dur mais c'était un bon travail, meilleur que la plupart de ceux qu'elle avait exercés jusqu'alors. L'hôtel payait un peu au-dessus des tarifs, c'était la première adresse de la ville.

Elle n'avait plus qu'à faire le numéro 239. Elle reporta l'heure de passage sur la liste des tâches. Elle était payée à la chambre, la direction de l'hôtel avait néanmoins exigé que cette liste fût remplie. Et Consuela faisait tout ce que voulait la direction. Elle ne pouvait perdre son emploi. Elle écrivit sur le papier : 15 h 26.

Consuela appuya sur le bouton de sonnette. Comme personne ne répondit, elle frappa et attendit encore. Puis elle déverrouilla le verrou électronique et entrebâilla la porte d'une largeur de main. Ainsi qu'elle l'avait appris, elle dit distinctement : « Service de chambre. » Ne recevant aucune réponse, elle entra.

La suite faisait 35 mètres carrés et était dans les tons brun chaud. Les murs étaient recouverts de tissu beige, sur le parquet, un tapis clair. Le lit était sens dessus dessous, sur la table de nuit il y avait une bouteille d'eau ouverte. Entre les deux chaises longues orange gisait une femme nue ; Consuela vit sa poitrine, sa tête était cachée. Du sang s'était infiltré dans les fibres de laine, au bord du tapis clair, et y avait laissé un motif dentelé de rouge. Consuela retint son souffle, son cœur s'accéléra, elle fit deux pas en avant. Il lui fallait voir le visage de la jeune femme. Puis elle cria. Devant elle il y avait un amas d'os, de cheveux et d'yeux, visqueux et sanglant, une partie de la substance blanche du cerveau avait jailli de la tête ouverte sur le parquet et la lourde lampe en fer que Consuela avait épousetée tous les matins, couverte de sang, sortait de son visage.

Abbas était soulagé. Ça y est, il avait tout confessé. Stefanie était assise à côté de lui dans le petit appartement et pleurait.

Il avait grandi à Chatila, un camp de réfugiés palestiniens à Beyrouth. Il jouait entre les baraques aux portes de tôle ondulée, les immeubles de cinq étages criblés d'impacts de balles et d'antédiluviennes autos en provenance d'Europe. Les enfants avaient des joggings et des

T-shirts aux inscriptions occidentales, les fillettes de cinq ans, malgré la chaleur, portaient le foulard et il y avait du pain chaud, emballé dans du papier fin. Abbas était né quatre ans après le grand massacre. La milice chrétienne libanaise avait estropié et tué des centaines de personnes, les femmes furent violées et on abattit même des enfants. Plus tard, personne ne put recenser les victimes, la peur resta ancrée à tout jamais. Parfois, Abbas s'allongeait dans une rue, sur le sol de terre glaise. Il essayait de dénombrer les inextricables fils électriques et de téléphone tendus entres les maisons et qui déchiraient le ciel.

Ses parents avaient donné beaucoup d'argent aux passeurs afin qu'il eût un avenir en Allemagne. Il avait alors dix-sept ans. Bien entendu, il n'eut pas le droit d'asile et l'administration ne lui délivra pas de permis de travail. Il vivait des allocations de l'État, tout le reste lui était interdit. Abbas ne pouvait pas aller au cinéma, ni au McDonald's, il n'avait ni Playstation ni téléphone portable. Il apprit l'allemand dans la rue. Il était beau mais n'avait pas de copine, il n'aurait d'ailleurs pas même pu l'inviter à dîner. Abbas n'avait que lui-même. Il traînait ici et là, jeta pendant douze mois des pierres sur des pigeons, regardait la télé au foyer d'immigrés, et zonait devant les vitrines du Ku'damm. Il s'ennuyait à mourir.

Un jour, il commença à faire de petits casses. Il fut pris et, après la troisième réprimande du juge des enfants, il purgea sa première peine de prison ferme. C'était le bon temps. En prison, il se fit nombre de nouveaux amis et, à sa libération, il avait compris bien des choses. Ils lui avaient dit que pour les gens comme lui — et il y en avait beaucoup derrière les barreaux — il n'y avait que le trafic de drogue.

Ce fut un jeu d'enfant. Un dealer d'une certaine importance, de ceux qui ne vont plus eux-mêmes dans la rue, l'embaucha. Le territoire d'Abbas était une gare de trains de banlieue qu'il partageait avec deux autres dealers. D'abord, il n'était que le « bunker », un coffre-fort humain pour la drogue. Les doses emballées se trouvaient dans sa bouche. Un autre faisait le deal, le troisième récupérait l'argent. C'est ce qu'ils appelaient travailler.

Les junkies demandaient de la « brune » ou de la « blanche », ils payaient en billets de 10 et 20 euros qu'ils avaient volés, mendiés ou obtenus en se prostituant. Les affaires étaient florissantes. Parfois, les femmes proposaient leurs corps aux revendeurs. Lorsque l'une d'entre elles était encore belle, Abbas la prenait avec lui. Au début, que ces jeunes femmes fassent ce qu'il exigeait d'elles l'attirait. Plus tard, l'avidité dans leurs yeux le dérangea, ce n'était pas lui qu'elles voulaient mais les doses dans sa veste.

Lorsque arrivait la police, il devait courir. Il apprit vite comment les reconnaître, même en civil ils portaient un uniforme : chaussures de sport, banane et vestes jusqu'aux hanches. Tous avaient l'air de sortir de chez le même coiffeur. Et en courant, il avalait. Lorsqu'il parvenait à déglutir les sachets de Cellophane avant qu'ils ne l'attrapent, le délit était dur à prouver. Parfois ils lui donnaient des vomitifs. Puis ils s'asseyaient à ses côtés et attendaient qu'il rendît les sachets dans une passoire. De temps en temps, un de ses nouveaux amis mourait, les sucs gastriques ayant dilué trop tôt la Cellophane.

Le business était dangereux et lucratif, ça allait vite. Maintenant, Abbas avait de l'argent et il envoyait régulièrement des sommes conséquentes chez lui. Il ne s'ennuyait plus. La jeune femme qu'il aimait alors s'appelait Stefanie. Il l'avait longuement observée danser dans une discothèque. Et lorsqu'elle s'était retournée vers lui, le grand trafiquant, le maître de la rue, il avait rougi.

Bien entendu, elle ne savait rien de son business. Le matin, Abbas lui laissait des lettres d'amour sur le frigo. Il disait à ses amis qu'il pouvait voir, lorsqu'elle buvait, l'eau couler dans sa gorge. Elle devint sa patrie, il n'avait rien d'autre. Sa mère, ses frères, ses sœurs et les étoiles au-dessus de Beyrouth lui manquaient. Il songeait à son père, à la manière dont il l'avait giflé juste parce qu'il avait volé une pomme sur un étal. Il avait alors sept ans. « Dans notre famille, il n'y a pas de criminels », avait dit son père. Avec lui, il était allé voir le marchand de primeurs et avait payé la pomme. Abbas serait bien devenu mécanicien. Ou peintre. Ou menuisier. Ou tout autre chose. Mais il devint trafiquant de drogue. Et ce n'était pas tout.

Il y a un an de ça, Abbas entra pour la première fois dans un salon de jeux. Au début, il n'y allait qu'en compagnie de ses amis, ils se la racontaient, se prenaient pour James Bond et bêtifiaient avec de jolies serveuses. Puis, bien que tous l'aient mis en garde, il se rendit seul au salon. Les machines à sous l'attiraient. Un jour, il commença à leur parler, chacune d'entre elles avait son propre caractère, comme des dieux elles déterminaient son destin. Il savait qu'il était accro au jeu. Depuis quatre mois, il perdait tous les jours. Pendant son sommeil, il entendait encore la mélodie des machines annonçant qu'on a gagné. Il ne pouvait faire autrement, il devait jouer.

Ses amis ne le prirent plus pour le business, pour eux il n'était qu'un drogué, comme leurs clients, les junkies. Il leur volerait de l'argent, ils connaissaient son avenir et Abbas savait qu'ils avaient raison. Mais ce n'était même pas le pire.

Le pire, c'était Danninger. Abbas lui avait emprunté de l'argent, 5 000 euros, il devait en rembourser 7 000. Danninger était quelqu'un de conciliant, il avait dit que ça arrivait à tout le monde d'avoir un jour un problème. Abbas n'avait pas eu peur, il jouerait cet argent, la machine ne pouvait pas tout le temps le faire

perdre. Il s'était trompé. Le jour du rembourse-
ment, Danninger était venu et lui avait tendu la
main. Puis tout alla très vite. Danninger avait
sorti un sécateur de sa poche, Abbas en vit les
poignées, elles étaient recouvertes de plastique
jaune et brillaient dans le soleil. Et le petit doigt
de la main droite d'Abbas était tombé sur le trottoir. Pendant qu'il criait de douleur, Danninger
lui avait tendu un mouchoir et décrit le chemin
le plus court pour l'hôpital. Danninger était toujours aussi conciliant mais il avait également dit
que les intérêts avaient augmenté. Si, dans trois
mois, Abbas ne lui remboursait pas 10 000 euros,
il serait obligé de lui couper le pouce, puis la
main, et ça continuerait jusqu'à la tête. Ça le
désolait vraiment, il aimait bien Abbas, c'était un
bon gars mais il y avait des règles et personne ne
pouvait y changer quoi que ce soit. Abbas ne
douta pas un seul instant du sérieux de Danninger.

Stefanie pleura davantage pour le doigt que
pour l'argent perdu. Ils ne savaient que faire. Au
moins, ils étaient deux. Ils trouveraient bien une
solution. Au cours des deux dernières années, ils
avaient trouvé des solutions à tous leurs problèmes. Stefanie disait qu'Abbas devait entamer
sur-le-champ une thérapie. Mais ça ne résolvait
pas le problème d'argent. Stefanie voulait de nouveau travailler comme serveuse. Avec les pour-

boires, ça faisait dans les 1 800 euros par mois.
Abbas ne voulait pas qu'elle travaillât au bar à
bière, il jalousait les clients. Mais il n'y avait pas
d'autre possibilité. Il ne pouvait revenir au trafic
de drogue, ils le molesteraient et l'enverraient
sur les roses.

Un mois plus tard, il n'y avait plus l'ombre
d'un doute ; ils ne parviendraient pas à réu-
nir l'argent de la sorte. Stefanie désespérait. Elle
devait trouver une solution, elle avait peur pour
Abbas. Elle ne savait rien de Danninger mais,
pendant deux semaines entières, elle avait
chaque jour bandé la main d'Abbas.

Stefanie aimait Abbas. Il était différent des
autres garçons qu'elle avait connus jusqu'à ce
jour, plus sérieux et plus distant. Abbas lui faisait
du bien même si ses amies faisaient des remar-
ques idiotes. Maintenant, elle allait faire quelque
chose pour lui, elle allait le sauver. Elle trouvait
même à cette idée un je-ne-sais-quoi de roman-
tique.

Stefanie ne possédait rien qu'elle pût vendre.
Elle savait en revanche à quel point elle était
belle. Comme toutes ses amies, elle avait lu souvent dans le canard local les petites annonces du
cœur et en avait ri. Il était temps de répondre à
l'une d'elles, pour Abbas, pour son amour.

Lorsque, pour la première fois, elle rencontra
l'homme dans l'hôtel de luxe, elle était si nerveuse qu'elle en tremblait. C'est à contrecœur
qu'elle le faisait mais l'homme était sympathique

et en rien semblable à ce qu'elle avait imaginé. Il était même bien mis de sa personne et soigné. Bien sûr que ça l'avait écœurée qu'il la touche et d'avoir dû le contenter — elle y était malgré tout parvenue. Il était comme ceux qu'elle avait connus avant Abbas, il était juste plus âgé. Après l'avoir fait, elle avait pris une douche d'une demi-heure et s'était brossé les dents jusqu'à s'en faire saigner les gencives. Maintenant, elle avait 500 euros dans sa cachette, dans une boîte à café.

Elle était allongée sur le canapé de son appartement et s'était emmitouflée dans son peignoir. Elle n'avait qu'à le faire de temps à autre puis elle aurait réuni tout l'argent. Elle pensait à l'homme de l'hôtel, il vivait dans un autre monde. L'homme voulait la voir une ou deux fois par semaine et, chaque fois, lui donner 500 euros. Elle tiendrait le coup. Et elle était certaine que ça ne lui porterait pas préjudice. Il fallait seulement qu'Abbas n'en sût rien. Elle lui ferait une surprise en lui donnant l'argent. Elle lui expliquerait qu'elle l'avait obtenu d'une tante.

Percy Boheim était fatigué. Il regardait par la fenêtre de l'hôtel. L'automne était arrivé, le vent emportait les feuilles des arbres, les jours clairs étaient déjà passés et Berlin allait se parer une fois encore de son gris hivernal pour les cinq bons mois à venir. L'étudiante était partie, c'était une gentille jeune femme, un peu timide, mais elles l'étaient toutes au début. C'était une affaire entendue : il ne s'agissait que de commerce. Il payait et, en échange, recevait le sexe dont il avait besoin. Pas d'amour, pas d'appels nocturnes, rien d'autre. Qu'elle se fît trop pressante, alors il arrêterait tout.

Boheim n'aimait pas les prostituées, il avait essayé une fois, des années auparavant — ça le repoussait. Il pensait à Melanie, sa femme. Publiquement, elle était connue comme écuyère de haute école et, comme beaucoup de cavalières, elle ne vivait que pour ses chevaux. Melanie était froide, depuis longtemps ils n'avaient plus rien à se dire, mais ils étaient courtois l'un envers l'autre et s'étaient accommodés de la sorte. Ils ne se voyaient pas souvent. Il savait qu'elle ne pourrait tolérer ses étudiantes. Pour l'heure, il n'avait pas besoin d'un divorce, ne serait-ce qu'à cause de son fils Benedikt. Il devrait attendre encore quelques années que le jeune garçon fût adulte. Benedikt aimait sa mère.

Percy Boheim comptait parmi les industriels les plus importants du Land ; il était actionnaire majoritaire d'un fournisseur automobile — il avait hérité cela de son père —, siégeait à de nombreux conseils d'administration et était conseiller économique auprès du gouvernement.

Il pensait à l'absorption imminente d'une usine de décolletage en Alsace. Ses experts-comptables le lui avaient déconseillé, mais ils ne comprenaient rien à rien. Depuis longtemps, il était d'avis qu'avocats et experts-comptables n'étaient bons qu'à créer des problèmes, pas à les résoudre. Peut-être ferait-il mieux de tout vendre et d'aller à la pêche. Un jour, pensa Boheim, un jour, lorsque Benedikt sera assez vieux. Puis il s'endormit.

Abbas n'était pas tranquille. Ces derniers temps, Stefanie posait d'étranges questions. S'il pensait parfois à d'autres, si elle lui plaisait encore, s'il l'aimait encore. Jamais, auparavant, elle n'avait posé de telles questions. Jusqu'à présent, elle manquait d'assurance dans les jeux de l'amour mais était constante dans leur relation, maintenant il semblait que ça s'inversait. Elle se lovait longtemps contre lui lorsqu'ils avaient fait l'amour et en venait même à s'agripper à lui pendant son sommeil. Ça aussi c'était nouveau.

Lorsqu'elle fut endormie, il se leva et fouina dans son portable. Il l'avait souvent déjà contrôlé. Il y avait maintenant une nouvelle entrée : « PB ». Dans sa tête, il passa en revue toutes ses connaissances et ne trouva personne qui eût « PB » comme initiales. Puis il lut les SMS sauvegardés. « Mercredi 12:00 Hôtel du Parc. Comme d'habitude Ch. 239. » Le SMS était de « PB ». Abbas alla dans la cuisine et s'assit sur une des chaises en bois. De colère, il pouvait à peine respirer. « Comme d'habitude » : ce n'était donc pas la première fois. Comment pouvait-elle seulement faire ça? Maintenant, alors qu'il traversait la pire crise de sa vie? Il l'aimait pourtant, elle était tout pour lui, il avait pensé qu'ils pourraient surmonter ensemble cette mauvaise passe. Abbas ne pouvait le concevoir.

Le mercredi suivant, à midi, il se tenait devant l'Hôtel du Parc. C'était le meilleur hôtel de la ville et c'est ce qui lui posa problème. Le concierge lui en avait interdit l'entrée. Abbas ne le prit pas mal, il n'avait pas précisément l'air d'un client de l'hôtel. Il connaissait les restrictions que lui valait son physique d'Arabe. Il s'assit donc sur un banc et attendit. Il attendit plus de deux heures. Enfin, Stefanie sortit de l'hôtel. Il alla à sa rencontre et observa sa réaction. Stefanie sursauta et rougit.

« Que fais-tu là? demanda-t-elle.

— Je t'attendais.

— D'où savais-tu que j'étais là? » Elle se demandait ce qu'il savait d'autre.

« Je t'ai suivie.

— Tu m'as suivie? Ça va pas bien? Et pourquoi t'as fait ça?

— Y en a un autre, je le sais. » Abbas avait les larmes aux yeux, il lui attrapa le bras.

« Ne sois pas ridicule. » Elle se dégagea et traversa la place en courant. Elle pensait qu'elle était dans un film.

Il courut deux pas derrière elle et, de nouveau, l'agrippa.

« Stefanie, t'as fait quoi dans l'hôtel ? »

Elle devait recouvrer ses esprits. Reprends-toi, pensait-elle. « J'ai déposé ma candidature, ils paient mieux qu'au bar à bière. » Elle ne trouva rien de mieux.

Bien sûr, Abbas ne la crut pas. Ils se disputèrent bruyamment sur la place. Elle en éprouvait de la gêne. Abbas criait, elle le repoussait. Au bout d'un moment, ce fut plus calme. Ils allèrent en voiture dans son appartement. Abbas s'assit à la table de la cuisine, but du thé et se tut.

Cela faisait maintenant deux mois que Boheim voyait Stefanie. Elle s'était départie de sa timidité. Ils s'entendaient bien, peut-être même trop. Stefanie lui avait dit que son petit ami l'avait suivie il y a deux semaines. Boheim était inquiet, il savait qu'il devait mettre fin à cette relation. C'était l'inconvénient de ce genre de liaisons ; un petit ami jaloux implique des ennuis.

Ce jour-là, il eut du retard. La réunion avait duré longtemps. Il alluma le téléphone de la voiture et composa son numéro. C'était bon d'entendre sa voix. Il dit qu'il arrivait tout de suite. Elle s'en réjouit et affirma qu'elle était déjà nue.

Lorsqu'il entra dans le parking de l'hôtel, il raccrocha. Il lui dirait que c'était fini. Et si pos-

sible, aujourd'hui même. Boheim n'était pas du
genre à tergiverser.


   Le dossier était ouvert sur le bureau. Jusqu'à
présent il n'y avait que deux volumes en papier
cartonné rouge ordinaire, celui des dossiers du
pénal — mais il y en aurait davantage. Le dossier
ne plut pas à Schmied, le procureur général. Il
ferma les yeux et se renversa en arrière. Plus que
huit mois avant la retraite, pensa-t-il. Depuis
douze ans, Schmied dirigeait le département des
crimes de sang auprès du parquet de Berlin. Et
maintenant, il en avait assez. Son père était ori-
ginaire de Breslau, Schmied se sentait prussien
jusqu'à la moelle. Il ne haïssait pas les criminels
qu'il poursuivait, c'était son devoir, ni plus ni
moins. Il ne voulait plus de grosses affaires mais
plutôt quelques petits meurtres, quelques drames
joués en famille, des affaires faciles à élucider.
Mais, par pitié, plus d'affaires pour lesquelles il
devait faire un rapport au procureur général.
   Devant Schmied, il y avait la demande de
mandat d'arrêt à l'encontre de Boheim. Il ne
l'avait pas encore signée. Et après, ce sera tout le
bazar avec la presse, pensa-t-il. D'ores et déjà, les
feuilles de chou bas de gamme raffolaient de
l'étudiante nue dans un grand hôtel. Il pouvait
à peu près imaginer ce qui allait se passer lorsque
Percy Boheim, président du conseil d'administration et actionnaire majoritaire du groupe

Boheim, serait emprisonné. Ce serait l'enfer et le porte-parole du Parquet recevrait tous les jours de nouvelles instructions concernant ce qu'il aurait à dire.

Schmied soupira et, une nouvelle fois, mit devant lui la note que son nouveau collègue avait écrite. Ce nouvel arrivant était un brave homme, encore un peu enthousiaste, mais ça s'arrangerait avec les années.

La note résumait fidèlement le dossier :

On avait trouvé Stefanie Becker morte à 15 h 26. Sa tête avait été fracassée avec une grande violence et une multitude de coups. L'arme du crime était une lampe en fonte qui faisait partie du mobilier standard de la chambre d'hôtel. « Coups et blessures avec un objet contondant », disait-on dans le langage de la médecine légale.

Percy Boheim était la dernière personne à avoir appelé la victime. Au lendemain des faits, deux fonctionnaires de la brigade criminelle lui avaient rendu visite à son bureau berlinois. « Une simple enquête de routine », avaient-ils dit. Boheim avait prié un avocat de la firme d'assister à cette discussion. Le rapport de police mentionnait qu'hormis ça il n'avait témoigné aucune réaction. Ils lui avaient montré une photo de la défunte, il avait nié connaître la jeune femme. Il avait justifié son appel en disant qu'il avait composé un faux numéro, le lieu d'où il appelait en disant qu'il passait à cet instant devant l'hôtel. Les policiers avaient pris sa déposition directement dans son bureau. Il l'avait relue et signée.

À ce stade, il ne faisait aucun doute que la discussion avait été bien trop longue pour résulter d'une erreur de numérotation : elle avait duré presque une minute. Les policiers, cependant, ne l'avaient pas reproché à Boheim. Pas encore. Ils n'avaient pas non plus révélé que son numéro était enregistré dans le répertoire téléphonique de la défunte. Boheim s'était rendu suspect.

Vingt-quatre heures plus tard, les analyses de la police scientifique étaient arrivées, il y avait des traces de sperme dans les cheveux et sur la poitrine de la défunte. On n'avait pu trouver l'ADN dans la banque de données. Boheim fut prié de donner volontairement un échantillon de salive. Son ADN fut analysé rapidement — il correspondait à celui du sperme.

Voilà, dans les grandes lignes, ce que mentionnait le compte rendu.

Le volume orange contenant les photos de l'autopsie mettait Schmied mal à l'aise, comme toujours. Il ne le parcourut que brièvement, des images, très nettes sur fond bleu, qu'on ne peut supporter que lorsqu'on se force à les regarder longtemps.

Schmied songeait aux nombreuses heures

qu'il avait passées à la médecine légale. Tout y était calme ; le bruit des scalpels et des scies, les médecins qui parlaient avec concentration dans des dictaphones — ils traitaient les morts avec respect. Les blagues à la table d'autopsie relèvent du roman policier. Il n'y avait qu'à l'odeur, cette odeur caractéristique de décomposition, qu'il ne s'habituerait jamais — il en allait de même pour la plupart des médecins. Il n'était pas possible de se passer du menthol sous le nez, on ne pouvait déceler certains indices qu'à l'odeur des morts. Lorsqu'il était jeune procureur, Schmied éprouvait du dégoût lorsqu'on prélevait à la louche le sang de l'intérieur du corps et avant de le peser ou lorsque, après l'autopsie, on replaçait les organes dans le corps. Plus tard, il avait compris que recoudre avec fermeté un corps après l'autopsie pour qu'il ne se vide pas était un art à part entière et il comprenait bien que les médecins légistes s'entretiennent sérieusement à ce sujet. C'était un monde parallèle, tout autant que son monde à lui. Schmied était ami avec le directeur de la médecine légale ; ils étaient presque du même âge et, en privé, ils ne parlaient jamais de leur métier.

Le procureur général Schmied soupira une seconde fois. Puis il signa la demande de mandat d'arrêt et l'apporta au juge d'instruction.

Ce fut seulement deux heures plus tard que le juge délivra le mandat d'arrêt, et six heures plus tard que Boheim fut arrêté dans son appartement. Dans le même temps, les différents appartements, maisons et bureaux des Boheim à Düsseldorf, Munich, Berlin et à Sylt furent perquisitionnés. La police avait tout bien organisé.

Trois avocats firent leur apparition au moment de la délivrance du mandat. Ils ne semblaient pas à leur place dans le petit bureau du juge d'instruction. C'étaient des avocats spécialisés en droit civil, des spécialistes très cher payés pour la prise de contrôle de sociétés et l'arbitrage international. Depuis des années, aucun d'entre eux n'était venu devant un tribunal, la dernière fois remontait à l'époque de leur formation en droit pénal. Ils ignoraient quelles requêtes il leur fallait faire, et l'un d'entre eux dit d'un ton menaçant que l'on y mêlerait la politique. Malgré tout, le juge garda son calme.

Melanie Boheim était assise sur le banc en bois devant la porte de la salle de réunion. Personne ne lui avait dit qu'elle ne pourrait voir son époux — l'entrevue occasionnée par la délivrance du mandat de comparution n'était pas publique. Suivant les conseils de ses avocats, Boheim se tut lors de l'ouverture du mandat. Les avocats avaient un chèque en blanc et une attestation de la banque : Boheim était couvert à hauteur de 50 millions d'euros. À l'évocation d'une telle somme, le juge d'instruction s'énerva, ça sentait la justice de classe. Il rejeta la demande de caution. « Ici, nous ne sommes pas en Amérique », dit-il, et il demanda aux avocats s'ils voulaient faire contrôler la régularité et la légalité de la détention.

Le procureur général Schmied n'était presque pas intervenu durant tout l'entretien; il croyait entendre le gong annonçant le début du combat.

Percy Boheim fut impressionnant. Vingt-quatre heures après son arrestation, je lui rendis visite à la maison d'arrêt. Son avocat d'affaires m'avait prié de prendre sa défense. Boheim était assis à la table de la salle de visite comme s'il s'agissait de son bureau et me salua cordialement. Nous parlâmes de la politique fiscale manquée du gouvernement et de l'avenir de l'industrie automobile. Il se conduisait comme si nous étions à une réception et non pas au cœur d'une affaire relevant de la cour d'assises auprès du tribunal régional.

Lorsque nous abordâmes le sujet qui nous concernait, il m'expliqua tout de suite qu'il avait menti au cours de l'interrogatoire mené par la police. Qu'il avait voulu protéger sa femme et sauver son honneur. Il répondit à toutes les autres questions avec précision, concentration, et sans hésiter.

Bien sûr qu'il avait connu Stefanie Becker, elle avait été son amante, il en avait fait la connaissance grâce à une petite annonce dans un magazine municipal berlinois. Il l'avait payée pour du sexe. C'était une gentille fille, une étudiante. Il s'était demandé s'il devait lui proposer un stage dans une de ses entreprises après ses études. Il ne lui avait jamais demandé pourquoi elle se prostituait mais il était certain d'avoir été son seul et unique client. Elle était timide et ne s'était livrée qu'avec le temps. « Maintenant, tout cela a l'air détestable mais c'était ce que c'était », dit-il. Il l'aimait bien.

Le jour du meurtre, il avait eu une réunion jusqu'à 13 h 20, réunion après laquelle il était arrivé à l'hôtel — vers 13 h 45. Stefanie était déjà en train de l'attendre, ils avaient couché ensemble. Après, il avait pris une douche et était parti sur-le-champ, il avait voulu être un peu seul et préparer les rendez-vous à venir. Stefanie était restée dans la chambre, elle avait d'abord pris un bain, elle n'était partie qu'après. Elle avait dit qu'elle ne comptait partir qu'à 15 h 50. Il lui avait glissé 500 euros dans son sac à main ainsi qu'ils en avaient convenu.

En empruntant l'ascenseur à côté de la suite il était directement allé dans le parking souterrain, il avait mis une minute, deux tout au plus, à rejoindre sa voiture. Il avait quitté l'hôtel aux alentours de 14 h 30, il était allé au Tiergarten, le plus grand parc municipal de Berlin où il s'était promené pendant presque une heure. Il avait réfléchi à sa relation avec Stefanie et pensé qu'il fallait y mettre un terme. Il avait laissé son téléphone éteint, il ne voulait pas être dérangé.

À 16 heures, il avait assisté à une réunion sur

le Kurfürstendamm à laquelle quatre autres messieurs avaient participé. Entre 14 h 30 et 16 heures, il n'avait rencontré personne ni eu la moindre conversation téléphonique. En quittant l'hôtel, il n'avait croisé personne.

Clients et défenseurs ont un rapport étrange. Un avocat ne souhaite pas toujours savoir ce qui s'est réellement passé. On en trouve les raisons dans notre code de procédure pénale : lorsque le défenseur sait que son client a tué à Berlin, il ne lui est pas permis de demander à entendre des témoins à décharge qui confirmeraient qu'il se trouvait à Munich le jour dit. C'est un équilibre précaire. Dans d'autres cas, l'avocat doit absolument connaître la vérité. Connaître les vraies circonstances pourra peut-être constituer le minuscule garde-fou qui préserve son client d'une condamnation. Que l'avocat croie à l'innocence de son client ne joue aucun rôle. Son devoir est de défendre son client. Ni plus ni moins.

Si les explications de Boheim sont exactes, qu'il a donc quitté la chambre vers 14 h 30 et que la femme de ménage a trouvé la morte à 15 h 26, il reste presque une heure. Une heure, c'est amplement suffisant. En soixante minutes le véritable criminel aurait pu entrer dans la chambre, battre la jeune femme à mort et quitter les lieux avant l'arrivée de la femme de ménage.

Aucune preuve n'étaye le témoignage de Boheim. N'aurait-il rien dit lors de son premier interrogatoire, alors ce serait plus simple. Ses mensonges avaient aggravé la situation et, d'un autre criminel, nulle trace. Certes, je tenais pour improbable qu'à l'issue des débats un tribunal le condamnât. Mais je doutais également que le juge levât le mandat d'arrêt maintenant — un soupçon subsistait.

Deux jours plus tard, le juge d'instruction téléphona pour convenir d'un rendez-vous afin de contrôler la régularité et la légalité de la détention. Nous convînmes du jour suivant. Je pouvais envoyer un coursier prendre le dossier, le Parquet en avait autorisé l'examen.

Le dossier contenait de nouvelles informations. Tous les contacts du répertoire du téléphone mobile de la morte avaient été interrogés. Une de ses amies, à qui Stefanie Becker s'était confiée, expliqua à la police pourquoi elle s'était prostituée.

Mais qu'entre-temps la police eût mis la main sur Abbas était bien plus intéressant. Il avait des antécédents judiciaires, cambriolage, trafic de stupéfiants et, deux ans auparavant, infraction constituant un acte de violence — une bagarre devant une discothèque. La police avait interrogé Abbas. Il dit qu'un jour il avait suivi Stefanie jusqu'à l'hôtel par jalousie mais qu'elle avait pu expliquer ce qu'elle y faisait. L'interrogatoire s'étalait sur plusieurs pages, à chaque ligne on sentait la méfiance des fonctionnaires. En définitive, ils n'avaient qu'un mobile et pas de preuves.

En fin d'après-midi, je rendis visite au procureur général Schmied dans son bureau. Il me reçut comme à l'accoutumée, dans une atmosphère accueillante et professionnelle. Lui non plus n'avait pas de bon pressentiment à l'égard d'Abbas, la jalousie est toujours une puissante motivation. Il n'était pas exclu qu'il pût être le coupable. Il connaissait l'hôtel, elle était sa copine, elle avait couché avec un autre. S'il s'était trouvé là, il aurait pu la tuer. J'expliquai à Schmied pourquoi Boheim avait menti puis j'ajoutai :

« Coucher avec une étudiante n'est pas un crime.

— Certes, mais ce n'est pas bien beau non plus.

— Dieu soit loué, ça n'a rien à voir avec ça, dis-je. L'adultère ne tombe plus sous le coup de la loi. »

Schmied lui-même avait eu une aventure avec une procureur il y a quelques années de ça, ainsi que chacun le savait au Moabit[1].

1. La Cour criminelle centrale de Berlin. *(Toutes les notes appelées par un chiffre sont du traducteur.)*

« Je ne vois aucune raison pour laquelle Boheim aurait voulu tuer son amante, dis-je.

— Moi non plus, pas encore, mais vous savez bien que je ne tiens pas les mobiles pour très importants, dit Schmied. Au cours de son interrogatoire, il a menti de façon éhontée.

— Ça le rend suspect, sans pour autant prouver sa culpabilité. De plus, il y a fort à parier que sa première déposition soit inexploitable au cours des débats.

— Ah ?

— À ce moment, les policiers avaient déjà analysé ses conversations téléphoniques. Ils savaient qu'il en avait eu une avec la victime. Ils savaient grâce à la puce de son portable que sa voiture se trouvait à proximité de l'hôtel. Ils savaient qu'il avait loué la chambre dans laquelle la jeune femme a été tuée. Les policiers auraient dû l'interroger en tant qu'accusé. Mais ils ne l'ont entendu qu'en tant que témoin et lui ont même dit qu'il n'était que témoin. »

Schmied feuilleta l'interrogatoire. « Vous avez raison », dit-il finalement, et de pousser le dossier devant lui. Ces petits jeux de la part de la police l'énervaient, ils ne menaient nulle part.

« De plus, il n'y avait sur l'arme du crime, sur la lampe avec laquelle l'étudiante fut battue, aucune empreinte digitale », dis-je. L'analyse des indices relevés n'avait confirmé en effet que des traces de *son* ADN à elle.

« C'est vrai, dit Schmied, mais le sperme trouvé dans les cheveux de la jeune fille est celui de votre client.

— Soyons sérieux, monsieur Schmied, tout ça n'est qu'absurdités. Il éjacule sur la jeune fille puis enfile des gants pour la tabasser? Boheim n'est pas un imbécile. »

Schmied fronça les sourcils.

« Et toutes les autres traces qui ont été relevées sur les verres, sur les poignées de portes et de fenêtres ne sont d'aucune aide du fait de son séjour dans l'hôtel », continuai-je.

Nous discutâmes presque une heure. Pour finir, le procureur général Schmied dit :

« À la condition que votre client, lors du contrôle de la régularité et la légalité de la détention, décrive de manière circonstanciée sa relation à la défunte, je suis d'accord pour que, demain, le mandat d'arrêt soit levé. »

Il se leva et me tendit la main en guise d'au revoir. Alors que je me tenais dans l'encadrement de la porte, il ajouta : « Boheim devra donner ses papiers d'identité, payer une caution élevée et, deux fois par semaine, se présenter auprès de la police. D'accord? »

Bien sûr que j'étais d'accord.


Lorsque je quittai son bureau, Schmied était heureux que l'affaire se calmât enfin. En réalité, jamais il n'avait tenu Boheim pour le coupable. Percy Boheim n'avait rien du fou furieux qui frappe un nombre incalculable de fois une étudiante à la tête. Mais, pensait Schmied, qui peut bien connaître l'âme humaine ? C'est pour cela qu'il considérait rarement comme décisifs les mobiles d'un crime.

Lorsque deux heures plus tard il voulut fermer la porte de son bureau et rentrer chez lui, son téléphone sonna. Schmied jura, retourna dans son bureau, décrocha et se laissa tomber dans son fauteuil. C'était l'enquêteur principal de la brigade criminelle dans cette affaire. Six minutes plus tard, Schmied raccrocha ; il regarda l'horloge. Puis il tira son vieux stylo plume d'une poche de sa veste, écrivit une courte note sur la discussion qu'il venait d'avoir et l'agrafa tout en haut du dossier. Il éteignit la lumière et resta un moment assis dans le noir. Maintenant, il savait que Percy Boheim était l'assassin.

Le lendemain, Schmied me convoqua de nouveau dans son bureau. Il avait presque l'air triste en poussant vers moi les photos sur la table. Sur les clichés on pouvait distinctement reconnaître Boheim derrière le pare-brise de sa voiture. « À la sortie du parking souterrain de l'hôtel, il y a une caméra haute définition, dit-il. Votre client a été filmé en quittant le parking. J'ai reçu les photos ce matin même, la police scientifique m'a appelé hier, après notre entretien. Je n'ai pas pu vous joindre alors. »

Je le regardai, interrogateur.

« Les photos montrent M. Boheim en train de quitter le parking de l'hôtel. S'il vous plaît, regardez l'heure sur la première photo, la caméra vidéo l'imprime toujours en bas à gauche. Il est 15 heures 26 minutes 55 secondes. Nous avons vérifié l'heure sur la caméra, elle est juste. La femme de ménage a trouvé la défunte à 15 h 26. Cette heure aussi est correcte. Elle est confirmée par le premier appel à police-secours qui a été passé à 15 h 29. J'en suis désolé mais il ne peut y avoir d'autre coupable. »

Je n'avais plus d'autre choix que d'annuler le contrôle de la régularité et la légalité de la détention. Boheim resterait en détention provisoire jusqu'à son procès.

Au cours des mois qui suivirent, on prépara le procès. Tous les avocats du cabinet travaillaient à analyser encore et encore le moindre détail du dossier, les téléphones portables, l'analyse ADN, la caméra du parking. La brigade criminelle avait fait du bon travail, on ne trouva presque pas d'erreurs. Les usines de Boheim eurent recours aux services d'une agence de détectives, elle non plus ne découvrit rien de nouveau. Quant à Boheim, malgré tous les éléments retenus contre lui, il s'en tenait fermement à son histoire. Et malgré les misérables perspectives qui se présentaient à lui, il restait de bonne humeur et impassible.

La police, en effectuant son travail, part du principe qu'il n'y a pas de hasard. Les enquêtes comprennent 95 pour cent de travail de bureau, évaluation de la matérialité des faits, rédaction de notes, auditions de témoins. Dans les romans policiers, le coupable avoue lorsqu'on lui hurle dessus ; en réalité, ce n'est pas aussi simple. Et lorsqu'un homme, tenant dans la main un couteau ensanglanté, est penché au-dessus d'un cadavre, il est alors considéré comme l'assassin. Aucun policier raisonnable ne croirait qu'il est passé là par hasard ni qu'il a retiré le couteau du corps pour venir en aide. La célèbre sentence du commissaire de police judiciaire disant que « la solution est trop simple » est une invention d'auteurs de scénarios. Le contraire est vrai. L'évidence est ce qui est vraisemblable. Et c'est presque toujours ce qui est vrai.

Les avocats, en revanche, cherchent une faiblesse dans l'édifice de preuves monté par l'accusation. Le hasard est leur allié, leur devoir est d'empêcher toute conclusion hâtive reposant sur une apparente vérité. Un fonctionnaire de police a dit un jour à un juge de la Cour fédérale de justice que les défenseurs n'étaient que les freins du char de la justice. Le juge répondit qu'un char sans frein n'est bon à rien. Un procès pénal ne fonctionne qu'à l'intérieur de ce jeu de forces.

Nous cherchions alors la faille qui sauverait notre client.

Boheim avait dû passer Noël et la Saint-Sylvestre en détention. Le procureur général Schmied lui avait accordé un droit de visite aussi généreux qu'exceptionnel — pour ses chefs d'entreprise, ses experts-comptables et ses avocats au civil. Il les recevait tous les deux jours et dirigeait ses entreprises depuis sa cellule. Ses collègues du conseil d'administration et son personnel proclamèrent publiquement qu'ils le soutenaient. Même sa femme lui rendait visite régulièrement. Il n'avait renoncé qu'aux visites de son fils ; il ne fallait pas que Benedikt vît son père en prison.

Il n'y avait toujours aucune lueur d'espoir pour le procès qui devait débuter quatre jours plus tard. Hormis quelques requêtes concernant la procédure, personne n'avait d'idée porteuse pour assurer une défense susceptible de réussir. Un arrangement, dont la justice pénale est généralement coutumière, était hors de question. Le meurtre aggravé est puni par la perpétuité, l'homicide volontaire d'une peine privative de liberté entre cinq et quinze ans. Il n'y avait rien que je puisse négocier avec le juge.

Les photos imprimées à partir de la caméra de surveillance se trouvaient sur la table de la bibliothèque du cabinet. Boheim avait été confondu par la caméra, photographié avec netteté. C'était un film en six images, comme un cinéma de poche. De la main gauche Boheim actionne la borne de passage. La barrière se lève. La voiture passe devant la caméra.

Puis, d'un coup, tout fut clair. La solution était depuis quatre mois dans le dossier. Elle était si simple que je ne pus m'empêcher de rire. Nous tous, nous étions passés à côté.

Le procès avait lieu dans la salle 500 du Moabit. Le Parquet avait inculpé Boheim pour homicide volontaire. Le procureur général Schmied représentait lui-même le Parquet et, pendant qu'il lisait l'acte d'accusation, la salle se fit silencieuse. Boheim fut entendu comme prévenu. Il s'était bien préparé, il parla pendant une heure sans notes. Sa voix était agréable, on prenait plaisir à l'écouter. Il évoqua avec concentration sa relation avec Stefanie Becker. Il n'omit rien, ne laissa aucune zone d'ombre. Il décrivit le déroulement de la rencontre le jour des faits et comment il avait quitté l'hôtel à 14 h 30. Aux questions complémentaires posées par le tribunal et le Parquet il répondit de manière circonstanciée et précise. Il expliqua qu'il avait payé Stefanie Becker pour du sexe et quelles en étaient les raisons. C'était absurde de croire qu'il aurait tué la jeune femme avec laquelle par ailleurs il n'avait aucune relation.

Boheim était souverain. On voyait bien à quel point toutes les parties au procès se sentaient mal à l'aise. C'était une situation étrange. Personne ne voulait le soupçonner de meurtre — hormis le fait que ça ne pouvait être personne d'autre. Les témoins ne furent convoqués que pour les jours suivants.

Les journaux à scandale firent leur ouverture du lendemain avec cette manchette : « Le millionnaire n'a donc pas tué la belle étudiante ? » C'était aussi une façon de résumer les choses.


Au deuxième jour d'audience, Consuela, la femme de ménage, fut appelée à la barre. La découverte du corps l'avait profondément meurtrie. Les informations qu'elle donna sur ce qu'elle faisait alors étaient crédibles. Ni le Parquet ni la défense ne posèrent de questions.

Le second témoin était Abbas. Il portait le deuil. Le juge posa des questions sur sa relation avec la défunte, lui demandant en particulier si elle lui avait parlé du prévenu et ce qu'elle lui en avait dit. Abbas n'avait rien à dire à ce sujet.

Ensuite, le président questionna Abbas sur sa rencontre avec Stefanie devant l'hôtel, sur sa jalousie, sur le fait qu'il l'avait espionnée. Le juge était juste, il fit tout ce qu'il put pour savoir si Abbas se trouvait dans l'hôtel le jour des faits. Abbas répondit par la négative à toutes les questions allant dans ce sens. Il décrivit sa dépendance au jeu, dit qu'il en éprouvait des remords, qu'il en était maintenant guéri et qu'il avait une carte de travail temporaire lui permettant de travailler comme plongeur dans une pizzeria afin de rembourser ses dettes. Dans le tribunal, personne ne croyait qu'Abbas mentait : qui, de son plein gré, décrit ainsi sa vie privée ne peut mentir.

Là encore, le procureur général Schmied fit tout ce qu'il put. Mais Abbas ne démordait pas de son histoire. Il resta pendant presque quatre heures à la barre.

Je ne posai pas de questions à Abbas. Le président me regarda étonné, Abbas était tout de même le seul autre coupable potentiel. J'avais prévu autre chose. La règle la plus importante pour un défenseur lorsqu'on auditionne les témoins est de ne pas poser de questions dont on ignore la réponse. Les surprises ne sont pas toujours réjouissantes et on ne joue pas avec le destin de son client.

Les débats ne débouchèrent sur quasiment rien de nouveau, le contenu du dossier fut examiné point après point. Seule l'amie de Stefanie, à qui elle avait avoué pourquoi elle se prostituait, jeta une ombre sur Boheim. Il avait tout de même profité de l'état de détresse de la jeune femme. Une juge assesseur que je croyais de notre côté s'agitait nerveusement sur sa chaise.

Au quatrième jour d'audience — en tant que douzième témoin — on appela le policier que nous attendions. Ça ne faisait pas longtemps qu'il était à la brigade criminelle. Sa mission avait été de se procurer la vidéo de caméra surveillance du parking. Le président se fit décrire comment le policier s'était fait remettre la vidéo par le service de sécurité de l'hôtel. Oui, il avait comparé sur place l'heure figurant sur les moniteurs du bureau de la sécurité de l'hôtel. Il avait tout de même constaté une différence d'une demi-minute avec l'heure exacte. Il avait rédigé une note à ce sujet.

Lorsque le droit de poser des questions revint à la défense, je m'assurai d'abord que le jour où le policier avait sauvegardé la vidéo était bien le 29 octobre. Oui, c'était exact, il s'agissait du lundi, vers 17 heures.

« Monsieur le témoin, avez-vous demandé au vigile de l'hôtel s'il était passé à l'heure d'hiver le 28 octobre ? demandai-je.

— Quoi ? non. L'heure était la bonne, je l'ai vérifiée…

— La vidéo date du 26 octobre. Ce jour, nous étions encore à l'heure d'été. Ce n'est que deux jours plus tard, le 28 octobre, que nous sommes passés à l'heure d'hiver.

— Je ne comprends pas, dit le policier.

— C'est très simple. Il se pourrait que la caméra de surveillance affiche toujours l'heure d'hiver. Si, l'été, cette horloge indique 15 heures, il serait en réalité 14 heures. Au contraire, si elle indiquait 15 heures en hiver, ce serait alors l'heure juste.

— C'est exact.

— Le jour des faits, le 26 octobre, on était encore à l'heure d'été. L'horloge indiquait 15 h 26. Si l'horloge n'a pas été ajustée, en réalité, il était 14 h 26. Avez-vous compris?

— Oui, dit le policier, mais ce n'est que très théorique.

— Il s'agit précisément de cette théorie. La question étant de savoir si l'horloge a été correctement réglée. Si ce tel n'est pas le cas, le prévenu aurait quitté la chambre une heure avant la découverte du corps par la femme de ménage. Pendant cette heure, n'importe qui aurait pu tuer la victime. C'est pourquoi, monsieur le témoin, il aurait été déterminant que vous posiez cette question au personnel de sécurité de l'hôtel. Pourquoi ne l'avez-vous pas fait?

— Je ne sais plus maintenant si je l'ai demandé. Il est probable que le service de sécurité me l'a dit...

— J'ai ici une déposition du directeur du service de sécurité que nous avons prise il y a quelques jours. Il disait que l'horloge n'avait encore jamais été réglée. Depuis l'installation de la caméra, elle ne tient pas compte des changements d'heure, elle indique toujours l'heure d'hiver. Pouvez-vous maintenant mieux vous rappeler si vous lui avez posé la question?» Je tendis à la cour et au Parquet une copie de la déposition.

« Je… je crois que je n'ai pas posé la question, dit le policier.

— Monsieur le Président, pourriez-vous montrer au témoin les feuilles 12 à 18 de la chemise B? Il s'agit des photos où l'on voit le prévenu quitter le parking. »

Le président choisit les photos dans la chemise jaune et étala les clichés tirés de la vidéo de surveillance devant lui. Le témoin avança à la table du juge et les regarda.

« C'est marqué là, 15 heures 26 minutes et 55 secondes. C'est l'heure, dit le policier.

— Oui, l'heure inexacte. Puis-je attirer votre regard sur le bras du prévenu à la photo 4? S'il vous plaît, regardez précisément. On voit bien sa main gauche parce qu'il appuie sur le bouton de sonnette. Ce jour, M. Boheim portait une Patek Philippe. Pouvez-vous discerner les chiffres sur la photo?

— Oui, on les voit précisément.

— Monsieur le témoin, quelle heure pouvez-vous lire?

— 14 h 26 », dit le policier.

Une vague d'agitation se répandit parmi tout le banc réservé à la presse — il était plein. Le procureur général Schmied vint en personne à la table du juge pour voir les photos de ses yeux. Il prit tout son temps, tint les photos en main une à une et les considéra scrupuleusement. Enfin, il acquiesça. C'était les 60 minutes qui avaient manqué pour que fût retenue la supposition qu'il pût y avoir un autre coupable, supposition qui aurait conduit à la relaxe de Boheim. Maintenant, le procès arriverait vite à son terme, il n'y avait pas d'autres preuves contre Boheim. Le président annonça que la cour avait besoin d'une pause.

À la demande du Parquet, le mandat d'arrêt à l'encontre de Boheim fut levé une demi-heure plus tard ; au jour d'audience suivant, il fut libéré sans qu'il y eût aucune instruction supplémentaire.

Le procureur général Schmied félicita Boheim pour son acquittement. Puis, traversant le long corridor, il regagna son bureau, acheva la rédaction d'une note sur le dénouement de la procédure et ouvrit le dossier suivant qui se trouvait sur son bureau. Trois mois plus tard, il partait à la retraite.

Abbas fut arrêté le soir même. Le fonctionnaire qui l'interrogea manœuvra habilement. Il expliqua à Abbas que Stefanie ne s'était prostituée que pour lui sauver la peau et lui lut la déposition de l'amie à qui elle avait tout raconté. Lorsque Abbas comprit les motivations de sa victime, il s'effondra. Mais il avait de l'expérience avec la police, il n'avoua rien — aujourd'hui encore, le crime demeure non élucidé. Abbas ne

pouvait être inculpé, les preuves étaient insuffisantes.

Melanie Boheim fit une demande de divorce
un mois après la fin du procès.

Cette histoire de changement d'heure, Schmied
ne la comprit que plusieurs mois après être parti
à la retraite. Comme c'était une douce journée
d'automne, il hocha la tête. Ça ne pourrait ni
motiver une révision du procès ni expliquer
l'heure indiquée par la montre de Boheim. D'un
coup de pied, il chassa une châtaigne du chemin
et descendit doucement l'allée, songeant que la
vie était étrange.

# LÉGITIME DÉFENSE

Lenzberger et Beck flânaient sur le quai. Crânes rasés, treillis militaires, rangers, démarche chaloupée. Sur la veste de Beck on lisait « Thor Steinar », sur le T-shirt de Lenzberger, « Pitbull Germany ».

Beck était un peu plus petit que Lenzberger. Il avait été condamné onze fois pour actes de violence. Il avait quatorze ans lorsque, pour la première fois, il fut condamné pour coups et blessures — il avait accompagné les grands et les avait aidés à passer à tabac un Vietnamien. Puis ça empira. À quinze ans, il fit son premier séjour dans une maison de détention pour jeunes délinquants, à seize il se fit tatouer. Sur chacune des premières phalanges des quatre doigts de sa main droite il y avait une lettre. Lorsqu'il fermait le poing, elles formaient le mot « H-A-S-S »[1]. Sur son pouce gauche, il y avait une croix gammée.

1. « HAINE ».

Lenzberger n'avait que quatre infractions inscrites à son casier judiciaire mais il avait une nouvelle batte de base-ball en métal. À Berlin, on vend quinze fois plus de battes que de balles.

Beck provoqua une vieille dame, elle eut peur. Il rit et, les bras levés, fit deux grands pas dans sa direction. La vieille dame hâta le pas, elle s'agrippait fermement à son sac à main et disparut.

Lenzberger donna un coup de batte contre une poubelle. Le coup résonna dans la gare, il n'eut pas besoin de beaucoup de force pour produire un tel effet, l'objet était creux et en métal. Le quai était presque désert, le prochain train partait dans 48 minutes, un ICE pour Hambourg. Ils s'assirent sur un banc. Beck y posa ses jambes, Lenzberger se percha sur le dossier. Ils s'ennuyaient et lancèrent la dernière cannette de bière sur la voie. Elle explosa, l'étiquette virevolta un moment en l'air.

Puis ils le virent. L'inconnu était assis deux bancs plus loin, quarante-cinq ans environ, calvitie partielle, lunettes à monture noire, costume gris. Un comptable ou un fonctionnaire, se dirent-ils, un rabat-joie attendu chez lui par femme et enfants. Beck et Lenzberger ricanèrent, la victime idéale, de celles qui prennent peur. Jusqu'alors la nuit ne s'était pas bien déroulée, pas de filles, pas assez d'argent pour faire des choses vraiment chouettes. La petite amie de Beck avait rompu vendredi, elle en avait marre des cris et de l'alcool. Ce lundi matin, ils avaient une vie de merde — jusqu'à ce qu'ils découvrent cet inconnu. Ils furent pris d'une envie de violence, se tapèrent mutuellement sur les épaules et se dirigèrent vers lui bras dessus bras dessous.

Beck se laissa tomber sur le banc à côté de l'inconnu et lui rota dans l'oreille. Il sentait l'alcool et les aliments mal digérés. « Alors, ducon, t'as déjà baisé aujourd'hui ? »

L'homme tira une pomme de la poche de sa veste et la lustra sur sa manche.

« Hey ! Trou de balle, j'te parle ! » dit Beck. Il tapa dans la pomme, elle tomba, il l'écrasa — la chair en éclaboussa ses rangers.

L'inconnu ne regarda pas Beck. Il restait assis, sans bouger, le regard baissé — ce que Beck et Lenzberger prirent pour une provocation. Beck enfonça son index dans sa poitrine. « Oh, j'en connais un qui veut pas répondre », dit-il et il le gifla. Les lunettes glissèrent, l'homme ne les remit pas d'aplomb. Parce qu'il ne bougeait toujours pas, Beck tira un couteau de ses rangers. Il était long, il avait une pointe à double tranchant, l'un d'entre eux était dentelé. Il l'agita devant le visage de l'inconnu. L'inconnu regardait devant lui, rien d'autre. Beck lui piqua à peine la main, en surface, une piqûre d'épingle. Plein d'espoir, il regarda l'inconnu, une goutte de sang perlait sur le dos de sa main. Lenzberger se réjouissait

de ce qui allait se passer maintenant et, d'excitation, mit un coup de batte contre le banc. Beck
avait un doigt dans la goutte de sang, il l'étalait
autour de la plaie. « Alors, trou de balle, ça va
mieux ? »

L'inconnu ne réagissait toujours pas. Cela rendit Beck furieux. Le couteau décrivit deux cour-
bes en l'air, deux fois de droite à gauche, à
quelques centimètres de la poitrine de l'inconnu. La troisième fois, il fit mouche. Il déchira
la chemise et érafla la peau de l'inconnu, la blessure faisait 20 centimètres, presque horizontale,
un peu de sang coulait dans le tissu en laissant
une marque rouge et sinueuse.

Un médecin qui prenait le premier train pour
Hanovre (il devait se rendre à une conférence
d'urologues) se trouvait sur le quai opposé. Plus
tard, il témoignerait que l'homme avait à peine
bougé, que c'était allé trop vite. La caméra de
surveillance du quai ayant enregistré les faits ne
donna à voir que des images figées, en noir et
blanc.


Beck prit un nouvel élan, Lenzberger beu-
glait. L'inconnu attrapa la main de Beck, celle
qui tenait le couteau, tout en lui donnant un
coup dans le creux du coude droit. Le coup chan-
gea la trajectoire du couteau sans en interrompre
l'élan. La lame décrivit une courbe. L'inconnu
en dirigea la pointe entre la troisième et la qua-

trième côte, Beck se poignarda lui-même en pleine poitrine. Lorsque l'acier pénétra la peau, l'homme tapa vigoureusement sur le poing de Beck. Il fit tout cela d'un seul mouvement, fluide, presque une danse. La lame disparut complètement dans le corps de Beck. Elle lui lacéra le cœur, Beck n'en avait plus que pour 40 secondes. Il resta debout et regarda vers le bas de son corps. Il tenait encore le couteau avec fermeté et semblait lire le tatouage sur ses doigts. Il n'avait pas mal, les synapses de ses nerfs ne transmettaient plus le moindre signal. Beck ne comprit pas qu'il était en train de mourir.

L'inconnu se tourna vers Lenzberger et le regarda. Il n'adopta aucune attitude particulière, il se tenait juste là. Il attendait. Lenzberger ne sut pas s'il devait s'enfuir ou se battre. Comme, décidément, l'homme avait l'air d'un comptable, il prit une mauvaise décision. Lenzberger leva la batte. L'homme ne porta qu'un coup, un mouvement bref vers la gorge de Lenzberger, si vif que les images fixes de la caméra de la gare ne purent l'enregistrer. Puis il se rassit et ne prêta plus aucune attention à ses agresseurs.

Le coup était précis. Il avait touché le sinus carotidien, un petit renflement de l'artère carotide interne. À cet endroit, ce minuscule point, il y a tout un entrelacs de rameaux nerveux. Leur compression provoqua une augmentation extrême de la pression artérielle et ils signalèrent au cerveau de Lenzberger qu'il fallait ralentir son rythme cardiaque. Son cœur battit de plus en plus lentement, il fut victime d'un collapsus cardio-vasculaire. Lenzberger tomba à genoux, la batte par terre derrière lui — elle fit encore deux rebonds, roula sur le quai et tomba sur la voie. Le coup avait été si puissant qu'il avait détruit la paroi sensible du sinus carotidien. Le sang s'y infiltra et surexcita les nerfs. Ils envoyèrent alors, sans interruption, le signal d'arrêter le cœur. Lenzberger tomba face contre terre, sur le quai, un peu de sang coula dans les rainures claires du sol et s'agglutina sur un mégot de cigarette. Lenzberger mourut, son cœur avait tout bonnement cessé de battre.

Pendant deux secondes encore, Beck resta debout. Puis il tomba à son tour, sa tête heurta le banc et y laissa une traînée rouge. Et il resta là, les yeux ouverts, il semblait regarder les chaussures de l'inconnu. L'homme remit ses lunettes correctement. Il croisa les jambes, alluma une cigarette et attendit son arrestation.

Un officier de police, une femme, fut la première à arriver sur les lieux du crime. Elle y avait été envoyée en compagnie d'un collègue lorsque les deux skinheads avaient fait leur entrée sur le quai. Elle vit les cadavres, le couteau dans la poitrine de Beck, la chemise tailladée de l'homme et elle réalisa qu'il fumait. Son cerveau traita toutes les informations dans la même urgence. Elle sortit son arme de service, la pointa sur l'homme et dit : « Il est interdit de fumer dans l'enceinte de la gare. »

« Un *key-client* nous a demandé de l'aide. Occupe-toi de ça s'il te plaît, nous prenons les frais en charge », dit l'avocat au téléphone. Il disait appeler de New York mais j'avais l'impression qu'il était assis à côté de moi. Il était pressant. C'était le *senior partner* d'un de ces cabinets d'avocats spécialisés dans le conseil aux entreprises qui ont au moins une succursale dans chaque pays industrialisé. Un *key-client* est un client qui rapporte gros au cabinet, un client qui jouit de droits particuliers. Je lui demandai de quoi il retournait mais il ne savait rien. Sa secrétaire avait eu un appel de la police, on lui avait seulement dit que quelqu'un avait été arrêté à la gare. Elle n'avait pas son nom. Il s'agissait « d'homicide ou d'un truc dans le genre », elle ne savait rien d'autre. Sans doute un *key-client,* parce qu'ils étaient les seuls à connaître ce numéro de téléphone.

Je me rendis à la police criminelle en voiture, dans la Keithstrasse. Que les commissariats se trouvent dans un immeuble moderne de verre et d'acier ou dans un hôtel de police vieux de deux cents ans, cela n'a aucune espèce d'importance — ils se ressemblent tous. Les couloirs sont recouverts de linoléum gris-vert, ça sent le produit d'entretien, et dans les salles d'interroga-

toire sont accrochés des posters surdimensionnés
de chats et des cartes postales envoyées par les
collègues en congé. Des blagues découpées sont
collées sur les écrans et les portes d'armoire. Il y
a du café filtre tiède — fait dans des machines à
café jaune-orange dont les plaques chauffantes
sont brûlées. De grandes tasses « I love Hertha »
et des pots à crayons de marque Helit en plastique vert pâle trônent sur les bureaux et, parfois, sont accrochées aux murs, dans des sous-
verres, des photos de couchers de soleil prises
par un fonctionnaire. L'aménagement des lieux
est fonctionnel, le gris clair domine, les bureaux
sont trop exigus, les chaises trop ergonomiques,
il y a sur les tablettes de fenêtre des plantes dans
des pots recouverts de billes d'argile expansée.

Dalger, le commissaire principal de la Criminelle, avait déjà mené des centaines d'interrogatoires. Lorsque, seize ans auparavant, il arriva à
la brigade criminelle, c'était la crème des forces
de police. Il était fier d'avoir réussi à y entrer et
il savait qu'il devait sa promotion à une qualité
essentielle : la patience. Il écoutait pendant des
heures entières lorsque c'était nécessaire, jamais
il ne ménageait sa peine et, après de longues
années au service de la police, il manifestait encore de l'intérêt pour toutes choses. Dalger évitait les interrogatoires lorsque tout était encore
chaud et qu'il ne savait que peu de chose. Il était
homme à susciter des aveux. Chez lui, ni astuce,
ni chantage, ni humiliation. C'est volontiers qu'il

laissait les plus jeunes conduire les interrogatoires préliminaires ; il n'entrait en scène que lorsqu'il pensait tout savoir de l'affaire. Il avait une formidable mémoire des détails. Il ne laissait jamais son pressentiment prendre le dessus même si celui-ci ne l'avait encore jamais trompé. Dalger savait que les histoires les plus absurdes peuvent être vraies, et les plus crédibles inventées de toutes pièces. Les interrogatoires, disait-il à ses collègues plus jeunes, c'est un travail difficile. Et jamais il n'oubliait d'ajouter : « Suivez l'odeur de l'argent ou les traces du sperme. De la sorte, on élucide chaque meurtre. »

Bien que nous ayons presque toujours eu des intérêts différents, nous nous respections. Après m'être enquis de l'endroit où il était, je le trouvai enfin dans la salle d'interrogatoire. À mon entrée, il eut presque l'air content. « Là, nous ne pouvons rien faire de plus », fut la première chose qu'il me dit. Dalger voulait savoir qui m'avait mandaté. Je lui donnai le nom du cabinet spécialisé dans le conseil aux entreprises, Dalger haussa les épaules. Je leur priai à tous de bien vouloir quitter la pièce afin de pouvoir m'entretenir avec mon client sans être dérangé. Dalger ricana : « Alors, bonne chance. »

L'homme ne leva les yeux que lorsque nous fûmes seuls. Je me présentai, il acquiesça poliment mais ne dit rien. Je m'y essayai en allemand, en anglais et dans un français médiocre. Il se contentait de me regarder mais ne disait toujours rien. Il repoussa le stylo que j'avais posé devant lui. Il ne *voulait* pas parler. Je lui soumis le formulaire qui m'habilitait à le défendre, il fallait bien qu'il sût que je devais le représenter. Il eut l'air de réfléchir puis, d'un coup, il fit quelque chose d'étrange : il ouvrit un tampon encreur qui se trouvait sur la table, appuya son pouce droit dans l'encre bleue puis dans le champ du formulaire dédié à la signature. « Pourquoi pas ? » dis-je en reprenant le formulaire. J'allai dans le bureau de Dalger, qui me demanda qui était cet homme. Cette fois, ce fut moi qui haussai les épaules, puis il m'expliqua en détail ce qui s'était passé.

La veille, la police fédérale, ayant la gare sous sa juridiction, avait confié l'homme à Dalger. L'homme n'avait pas encore émis le moindre son, ni lors de son arrestation, ni pendant le transport, ni même pendant la première tentative d'interrogatoire dans la Keithstrasse. On avait essayé avec différents interprètes, on lui avait donné les renseignements afférents à l'interrogatoire dans seize langues — rien.

Dalger avait ordonné la fouille de l'inconnu, mais on n'avait rien découvert. Il n'avait ni portefeuille, ni papiers d'identité, ni clefs. Il me montra ce qu'on appelle le procès-verbal de la fouille, partie B, celle qui recense les différents effets trouvés. Il y avait sept entrées :

1. Mouchoirs en papier, marque Tempo, étiquette de prix provenant de la pharmacie de la gare ;
2. un petit paquet de cigarettes avec six cigarettes, timbre fiscal allemand ;
3. un briquet en plastique, de couleur jaune ;
4. un billet de train pour Hambourg, gare principale (pas de réservation) ;
5. 16 540 euros en billets ;
6. 3,62 euros en petite monnaie ;
7. carte de visite du cabinet d'avocats Lorguis, Metcalf & Partner, Berlin, avec numéro d'appel direct.

Le plus étrange était que ses vêtements ne portaient pas d'étiquette — le pantalon, la veste et la chemise pouvaient provenir d'un tailleur mais peu de gens se font faire chaussettes et sous-vêtements sur mesure. Seules les chaussures avaient une origine, c'était des « Henschung », un cordonnier alsacien — par ailleurs, on pouvait également se les procurer dans de bons magasins en dehors de France.

L'inconnu fut pris en charge par l'Identité judiciaire. On le photographia, on prit ses empreintes. Dalger fit faire des recherches dans toutes les banques de données — il n'y avait aucune concordance, l'homme était inconnu de la police. La provenance du billet de train ne fut, elle non plus, d'aucune aide. Il avait été acheté dans une borne à la gare.

Entre-temps, on avait épluché la vidéo de la gare, entendu le médecin qui se tenait sur le quai d'en face ainsi que la vieille dame apeurée. La police avait fait son travail aussi minutieusement et vainement.

L'homme avait été arrêté à titre provisoire et il avait passé la nuit au commissariat de police. Le lendemain, Dalger avait appelé le numéro figurant sur la carte de visite. Il avait attendu aussi longtemps que possible. Les avocats compliquent ce genre de choses, avait-il pensé.

Nous étions assis dans le bureau de Dalger et buvions du café filtre tiède. Je regardai la vidéo deux fois de suite et dis à Dalger que c'était une situation tout à fait claire, presque un cas d'école de légitime défense. Dalger ne voulait pas libérer l'inconnu.

« Il y a quelque chose qui cloche.

— Oui, bien sûr, c'est évident. Mais à part votre pressentiment, il n'y a aucune raison pour le garder prisonnier, vous le savez bien, répondis-je.

— On ne connaît même pas son identité.

— Non, monsieur Dalger, c'est la seule chose que vous ignorez. »

Dalger téléphona au procureur Kesting. C'était ce qu'on appelle un crime de sang, une procédure dont la compétence relève du département des crimes de sang auprès du Parquet. Kesting avait pris connaissance de l'affaire dès le premier rapport de Dalger. Il était perplexe mais décidé : une qualité qui peut parfois être utile au Parquet. C'est pour cela qu'il décida de faire comparaître l'inconnu devant le juge d'instruction. Après quelques coups de téléphone, nous obtînmes un rendez-vous pour l'après-midi même, à 5 heures.

Le juge d'instruction s'appelait Lambrecht et portait un pull norvégien bien que ce fût le printemps. Il faisait de l'hypotension, avait eu froid toute sa vie et était de mauvaise humeur depuis aussi longtemps. Il avait cinquante-deux ans, il voulait de la clarté, les choses devaient être en bon ordre, il ne voulait pas ramener de mauvais démons chez lui.

Lambrecht était conférencier invité à l'université pour les cours de droit de procédure pénale. Ses conférences étaient légendaires en raison des exemples auxquels il recourait. Il disait aux étudiants que ce serait une erreur de croire que les juges aiment condamner. « Ils le font lorsque c'est leur devoir mais ils ne le font pas s'ils ont des doutes. » Le sens profond de l'indépendance des magistrats venait, selon lui, de ce que les juges aussi aspirent à bien dormir. Les étudiants riaient toujours à ce moment. Cependant, c'était la vérité, il n'avait connu que peu d'exceptions.

La fonction de juge d'instruction est peut-être la plus intéressante en matière de justice pénale. On peut passer rapidement sur chaque affaire, on ne doit pas supporter de débats ennuyeux, ni écouter qui que ce soit. Mais ce n'est qu'une des deux faces. L'autre, c'est la solitude. Le juge d'instruction est seul à décider. Tout dépend de lui, il emprisonne les gens ou les libère. Il y a des métiers plus simples.

Lambrecht ne faisait aucun cas de la défense. Il ne faisait aucun cas non plus du Parquet. Seule l'affaire l'intéressait et il prenait des décisions qu'on ne pouvait que difficilement anticiper. La plupart pestaient contre lui, ses lunettes bien trop grandes et ses lèvres blêmes lui donnaient un aspect curieux, mais tous le tenaient en haute considération. Pour ses vingt ans de service il avait reçu une lettre de distinction du président du tribunal cantonal. Le président lui avait demandé si, après tant d'années, il prenait encore plaisir à exercer son métier. Lambrecht lui avait répondu que jamais encore il ne l'avait aimé. Nul doute quant à son indépendance.

Lambrecht lut les dépositions des témoins. Et après qu'à son tour il eut échoué à faire parler l'inconnu, il demanda à voir la vidéo. Nous dûmes la regarder d'affilée avec lui un nombre incalculable de fois, je pouvais en dessiner les images, ça dura une éternité.

« Arrêtez l'appareil », dit-il enfin à l'agent et il

se tourna vers nous. « Maintenant, messieurs, je vous écoute. »

Bien sûr, Kesting avait déjà remis la demande de mandat d'arrêt sans laquelle le rendez-vous n'aurait pas été possible. Il demanda qu'on incarcérât l'inconnu pour deux cas d'homicide, il insista sur le risque de fuite dû au fait que l'homme n'avait pas donné d'identité qui permettrait de le retrouver. Kesting dit : « On pourrait naturellement penser qu'il y a eu légitime défense. Mais dans ce cas elle était excessive. »

Ainsi, le Parquet voulait mettre en avant un prétendu excès de légitime défense. En cas d'agression, on a le droit de se défendre et on n'est pas limité dans le choix des moyens mis en œuvre. En réponse à un coup de poing on a le droit d'utiliser une matraque, en réponse à un couteau, un pistolet. On n'est pas tenu de recourir à la méthode la plus douce. Mais il ne faut pas non plus tomber dans la démesure : lorsqu'on a déjà mis son agresseur hors d'état de nuire en lui tirant dessus, on ne doit pas, en plus, le décapiter. La loi ne tolère pas ce genre d'excès.

« Il y a excès parce que l'inconnu a frappé sur le couteau dans la poitrine de la victime, dit Kesting.

— Ah... » dit Lambrecht. Il avait l'air étonné. « À vous, Maître.

— Nous savons tous que ça n'a pas de sens,

dis-je. Personne n'est tenu de tolérer une agression avec un couteau et bien sûr qu'il était en
droit de se défendre de la sorte. Par ailleurs, ces
questions ne concernent pas le Parquet. Le procureur Kesting a bien trop d'expérience pour
croire qu'il pourrait amener une telle accusation
devant une cour d'assises. Il voudrait purement
et simplement découvrir l'identité de l'inconnu
et, pour ce faire, il a besoin de temps.

— Est-ce exact, monsieur le Procureur?
demanda Lambrecht.

— Non, dit Kesting. Le Parquet ne fait pas de
demande d'incarcération sans fondement.

— Ah… » reprit le juge, cette fois-ci avec
ironie. Il se tourna vers moi. « Pouvez-vous alors
nous dire qui est cet homme?

— Vous savez bien, monsieur Lambrecht, que
je ne suis pas autorisé à le faire, même si je le
pouvais. Mais je peux vous donner une adresse
résultant d'une élection de domicile. » Entre-
temps, j'avais de nouveau téléphoné à l'avocat
qui m'avait mandaté. « L'homme peut être
convoqué par le biais d'un cabinet, je peux
attester oralement l'accord de l'avocat. » Je
donnai l'adresse.

« Vous voyez, cria Kesting. Il ne veut pas le
dire. Il en sait beaucoup plus mais ne veut pas le
dire.

— La procédure n'est pas engagée contre
moi, dis-je. Voici de quoi il retourne : nous ne
savons pas pourquoi le prévenu se tait. Il se

pourrait qu'il ne comprenne pas notre langue. Il se pourrait aussi qu'il se taise pour d'autres raisons…

— Ce faisant, il est en infraction avec le paragraphe 111 de la loi relative aux sanctions administratives. L'infraction est manifeste, dit Kesting me coupant la parole.

— Messieurs, je vous serais reconnaissant de parler chacun votre tour, dit Lambrecht. Le paragraphe 111 stipule que chacun doit décliner son identité. Sur ce point, je donne raison au Parquet. » Lambrecht ne cessait d'enlever puis de remettre ses lunettes. « Mais ce n'est en aucun cas une disposition qui justifie un mandat d'arrêt. Dans le cadre d'un contrôle d'identité, on ne peut arrêter quelqu'un que pendant douze heures. Et, monsieur le Procureur, les douze heures sont largement écoulées.

— De plus, ajoutai-je, le prévenu n'est pas toujours tenu de donner son identité. Si faire des déclarations véridiques entraînait des poursuites, alors il a le droit de se taire. Si l'inconnu nous disait qui il est et si cela devait conduire à son incarcération, bien sûr qu'il a le droit de se taire.

— Vous voyez bien, dit Kesting au juge d'instruction. Il ne nous dit pas qui il est et nous ne pouvons rien faire.

— C'est bien ça, dis-je. Vous ne pouvez rien faire. »

L'inconnu était assis sur un banc, l'air indifférent. Il avait une chemise avec mes initiales ; je la lui avais fait porter. Elle était à sa taille mais ça lui donnait un air singulier.

« Monsieur le procureur, dit Lambrecht, l'auteur des faits et les victimes se connaissaient-ils auparavant ?

— Non, nous n'en savons rien, dit Kesting.

— Les victimes avaient-elles bu ? » Lambrecht, là encore, avait raison. En situation de légitime défense il est préférable d'éviter un individu en état d'ivresse.

« 0,4 et 0,5 pour mille.

— C'est insuffisant, dit le juge. Avez-vous trouvé quelque chose concernant l'auteur des faits qui ne soit pas encore dans le dossier ? Y a-t-il quelque indication relative à un autre délit ou à un autre mandat d'arrêt ? » Lambrecht avait l'air d'égrener une liste.

« Non », dit Kesting, sachant que chaque non l'éloignait un peu plus de son but.

« Y a-t-il encore des éléments qui ne sont pas arrivés ?

— Oui. Le rapport complet de l'autopsie n'est pas encore disponible. » Kesting était heureux d'avoir encore trouvé quelque chose.

« Mouais… ils n'ont sans doute pas succombé à un coup de chaleur, monsieur Kesting. » La voix de Lambrecht se fit plus douce, un mauvais signe pour les affaires du Parquet. « Si le Parquet n'est pas en mesure de produire d'autres éléments que ceux que nous avons là, sur la table, je vais devoir trancher. »

Kesting secoua la tête.

« Messieurs, dit Lambrecht, j'en ai assez entendu. » Il se renversa en arrière. « La situation de légitime défense est plus qu'évidente. Lorsque quelqu'un est menacé avec un couteau et une batte de base-ball, lorsqu'en plus de ça il a reçu des coups de couteau et de batte, il est en droit de se défendre. Il est en droit de se défendre de telle façon que l'agression prenne vraiment fin. C'est ce que le prévenu a fait, ni plus ni moins. »

Lambrecht marqua une courte pause avant de continuer :

« Je concède au Parquet que l'affaire a l'air inhabituelle. Je ne peux trouver qu'effrayant le calme avec lequel le prévenu a fait face à ses victimes. Mais je ne vois pas en quoi, dans ce cas, il y aurait un excès de légitime défense. Comme la préméditation ne fait aucun doute, il apparaît également que j'aurais à coup sûr fait délivrer des mandats d'arrêt à l'encontre des deux agresseurs s'ils étaient assis face à moi et non allongés sur la table du légiste. »

Kesting referma son dossier. Ça claqua trop fort.

Lambrecht consigna dans le procès-verbal : « La demande de mandat d'arrêt émanant du Parquet est rejetée. L'accusé doit être relâché sans délai. » Puis il se tourna vers Kesting et moi-même : « C'est réglé. Bonne soirée. »

Alors que la greffière préparait le document relatif à la remise en liberté, j'allai vers la porte. Dalger était assis sur le banc dédié aux visiteurs et attendait.

« Bonsoir, que faites-vous donc ici ? » demandai-je. Il est peu courant qu'un policier témoigne autant d'intérêt à l'issue d'un entretien avec le juge.

« Est-il dehors ?

— Oui, il s'agissait sans le moindre doute de légitime défense. »

Dalger secoua la tête. « C'est ce que je pensais », dit-il. C'était un bon policier qui n'avait pas dormi depuis vingt-six heures. Manifestement, l'affaire l'énervait, ça ne lui allait pas.

« Que se passe-t-il ?

— C'est à dire… en fait, vous ne connaissez pas l'autre affaire.

— Quelle autre affaire ? demandai-je.

— Le matin où votre client a été arrêté, nous avons trouvé un corps à Wilmersdorf. Un coup de couteau dans le cœur. Pas d'empreintes digitales, pas de traces d'ADN, pas de fibres, rien. Toutes les personnes dans l'entourage du mort ont un alibi et les 72 heures touchent à leur fin. »

La règle des 72 heures signifie que les chances d'élucider un meurtre ou un homicide déclinent rapidement passé ce délai.

« Que voulez-vous dire par là ?

— C'était un truc de professionnel.

— Les coups de couteau au cœur sont assez fréquents, dis-je.

— Oui et non. En tout cas, rarement avec cette précision. La plupart doivent donner plusieurs coups ou bien le couteau reste dans les côtes. En règle générale, ce n'est pas si droit.

— Et ?

— J'ai comme un pressentiment... votre client... »

Évidemment, c'était plus qu'un pressentiment : chaque année, on relève environ 2 400 homicides connus en Allemagne dont 140 (à peu de chose près) ont lieu à Berlin. Certes, c'est davantage qu'à Francfort (sur-le-Main), Hambourg et Cologne réunis, mais avec un pourcentage de 95 pour cent des affaires élucidées il reste sept affaires pour lesquelles le coupable n'est pas appréhendé. Et nous venions de libérer un homme qui, au cheveu près, correspondait à la théorie de Dalger.

« Monsieur Dalger, votre pressentiment... » commençai-je. Il ne me laissa pas parler.

« Oui, oui, je sais », dit-il en me tournant le dos. Je lui criai qu'il devait me téléphoner s'il y avait du neuf. Dalger grommela quelques mots incompréhensibles, du genre : « pas de motifs... les avocats... toujours pareil », et il rentra chez lui.

On laissa l'inconnu partir directement de la salle d'interrogatoire, on lui remit son argent et ses autres effets, je payai pour lui. Nous allâmes à ma voiture. Je le conduisis à la gare, là où, trente-cinq heures auparavant, il avait tué deux hommes. Il descendit sans un mot et se perdit dans la foule des voyageurs. Jamais plus je ne l'ai revu.

Une semaine plus tard, j'étais invité à déjeuner par le chef de ce cabinet d'avocats spécialisé dans le conseil aux entreprises.

« Au fait, qui est donc votre *key-client* qui voulait que l'on s'occupe de cet inconnu ?

— Je n'ai pas le droit de te le dire, tu pourrais le connaître. Qui est cet inconnu, je l'ignore également. Mais j'ai quelque chose pour toi », dit-il en tirant un sac. C'était la chemise que j'avais donnée à l'homme. Elle avait été lavée et repassée.

Sur le chemin du parking, je la jetai dans une poubelle.

# SYNESTHÉSIE

Ils avaient de nouveau apporté un mouton. Les quatre hommes étaient chaussés de bottes en caoutchouc. Ils se tenaient autour de la bête — ils la regardaient. Ils l'avaient transportée sur la plate-forme arrière d'un pick-up dans la cour intérieure du manoir, maintenant elle reposait là, sous la bruine, sur une bâche en plastique bleue. Le gosier du mouton était tranché de part en part, la laine salie par la boue, constellée de blessures. Peu à peu, le sang coagulé se liquéfiait de nouveau sous l'effet de la pluie, il coulait en fines traînées rouges sur la bâche et s'infiltrait entre les pavés.

La mort n'était étrangère à aucun d'entre eux, ils étaient éleveurs et, tous, ils avaient déjà abattu une bête de leurs propres mains. Mais ils frémissaient devant ce cadavre : c'était un mouton bleu du Maine, une race très prolifique, tête bleue foncée, yeux saillants. On avait arraché les globes oculaires de la bête, les fibres des nerfs optiques et les tissus musculaires pendaient du bord des orbites sombres.

Le comte Nordeck salua les quatre hommes d'un signe du chef, personne n'était d'humeur à causer. Il jeta un coup d'œil à l'animal et hocha la tête. Il tira son porte-monnaie de la poche de sa veste, compta 400 euros et remit l'argent à l'un des hommes. C'était plus du double de la valeur du mouton. L'un des paysans prit la parole : « Ça ne peut plus durer », disant tout haut ce qu'ils pensaient tous. Lorsqu'ils quittèrent la cour, Nordeck remonta le col de son manteau. « Les paysans ont raison, pensa-t-il, je dois lui parler. »

Angelika Petersson était une grosse femme satisfaite. Depuis vingt-deux ans, elle était policière à Nordeck, jamais encore il n'y avait eu de crimes de sang dans son district, jamais elle n'avait dû dégainer son arme en intervention. Pour aujourd'hui, le travail était fini, le rapport sur le chauffeur ivre était fait. Elle se balançait sur sa chaise et, malgré la pluie, se réjouissait du week-end. Elle réussirait enfin à coller les photos de ses dernières vacances.

Lorsqu'on sonna à la porte, Petersson soupira. Elle appuya sur le bouton d'ouverture et, comme personne ne passait la porte, elle se leva, soufflant et jurant, et sortit dans la rue. Une bonne fois pour toutes, elle allait tirer les oreilles aux jeunes du village qu'une telle blague amusait encore.

Il s'en fallut de peu que Petersson ne reconnût pas Philipp von Nordeck. Il était debout devant le commissariat. Il tombait des cordes. Ses cheveux pendaient devant son visage, épais et mouillés, sa veste dégoulinait de boue et de sang. Il tenait le couteau de cuisine avec tant de force que les jointures de ses doigts en étaient blanches — l'eau ruisselait sur la lame.

Philipp avait dix-neuf ans. Petersson le connaissait depuis qu'il était enfant. Elle avança doucement vers lui, en parlant d'une voix basse et douce — ainsi qu'elle le faisait autrefois lorsqu'elle s'adressait aux chevaux de la ferme paternelle. Elle lui prit le couteau de la main et lui caressa la tête, il la laissa faire. Puis elle lui passa un bras autour des épaules, lui fit gravir les deux marches en pierre et le conduisit à l'intérieur de la maison basse. Elle l'emmena aux toilettes.

« Commence déjà par te laver, tu as l'air redoutable », dit-elle. Elle n'était pas experte en police criminelle et Philipp lui faisait tout simplement de la peine.

Il laissa pendant longtemps l'eau chaude couler sur ses mains, elles se teignirent de rouge, le miroir s'embua. Puis il se pencha en avant et se lava le visage, le sang et la boue coulèrent dans le lavabo et en bouchèrent l'écoulement. Il regarda dans l'évier et murmura : « Dix-huit. » Petersson ne le comprit pas. Elle l'emmena à son bureau dans le petit local de garde. Ça sentait le thé et l'encaustique.

« Maintenant, explique-moi ce qui s'est passé », dit Petersson. Elle le fit asseoir sur la chaise des visiteurs. Philipp posa son front sur le rebord du bureau, ferma les yeux et se tut.

« Tu sais quoi, on va appeler ton père. » Nordeck vint sur-le-champ mais la seule chose que dit Philipp fut : « Dix-huit, c'était un dix-huit. »

Petersson dit au père qu'elle devait en aviser le Parquet, qu'elle ne savait pas s'il s'était passé quelque chose de grave et que Philipp ne disait rien de sensé. Nordeck acquiesça d'un signe de tête. « Bien entendu », dit-il. Et de penser : Cette fois, on y est.


Le procureur dépêcha deux policiers de la Criminelle du chef-lieu de l'arrondissement rural. Lorsqu'ils arrivèrent, Petersson et Nordeck buvaient du thé dans le bureau. Philipp était assis devant la fenêtre, il regardait dehors et ne manifestait plus aucune réaction.

Les fonctionnaires officialisèrent la garde à vue et le laissèrent sous la surveillance de Petersson. Ils voulaient se rendre au manoir en compagnie de Nordeck afin de fouiller la chambre de Philipp. Nordeck leur indiqua les deux pièces qu'occupait son fils au premier étage. Pendant que l'un des fonctionnaires en faisait le tour, Nordeck était avec l'autre dans le hall d'entrée.

Des cornes indigènes et des trophées d'Afrique étaient accrochés aux murs par centaines. Il faisait froid.

Le policier se tenait devant l'énorme tête empaillée d'un buffle noir d'Afrique de l'Est. Nordeck tenta d'expliquer l'histoire des moutons. « C'est ainsi, dit-il en cherchant les mots justes. Philipp a tué quelques moutons au cours des quatre derniers mois. En réalité, il leur a tranché le gosier. Un jour, les paysans l'ont pris sur le fait et me l'ont dit.

— Humh, humh… le gosier tranché, dit le policier. Ces buffles pèsent plus d'une tonne, non ?

— Oui. Ils sont très dangereux. Un lion n'a aucune chance face à un individu adulte.

— Alors le jeune homme a abattu quelques moutons, c'est ça ? »

Le policier parvenait à peine à se détacher du buffle.

Nordeck prit cela pour un bon signe.

« J'ai payé les moutons, évidemment, et nous voulions faire quelque chose pour Philipp, mais nous avions tous plus ou moins espéré que ça lui passerait… Nous nous sommes complètement trompés. »

Il est préférable que je ne parle pas de l'histoire des yeux et des nombreux coups de couteau, pensa Nordeck.

« Pourquoi fait-il ça ?

— Je l'ignore, dit Nordeck, je n'en sais rien du tout.

— C'est plutôt bizarre, non ?

— Oui, ça l'est. Nous devons faire quelque chose pour lui, répéta Nordeck.

— Ça en a tout l'air. Savez-vous ce qui s'est passé aujourd'hui ?

— C'est-à-dire ?

— Est-ce qu'il s'agissait encore d'un mouton ? » demanda le fonctionnaire. Il ne pouvait s'éloigner du buffle et en tripotait les cornes.

« Oui, l'un des paysans m'a appelé tout à l'heure sur mon portable. Il en a encore trouvé un. »

Le fonctionnaire acquiesça de la tête, l'air absent. Ça l'agaçait de devoir passer son vendredi soir avec un tueur de moutons — heureusement, le buffle était là. Il demanda à Nordeck s'il pouvait venir lundi à la direction de la police du chef-lieu de l'arrondissement rural pour y faire une rapide déposition. Il ne voulait plus entendre parler de paperasse, il voulait rentrer chez lui.

« Bien sûr », répondit Nordeck.

Le deuxième policier descendit les escaliers. Il tenait une vieille boîte à cigares portant une inscription couleur havane : « Villiger Kiel ».

« Nous devons mettre cette boîte sous séquestre », dit-il.

Nordeck remarqua que, d'un coup, la voix du fonctionnaire avait pris un ton officiel. Il en allait de même pour les gants en plastique qu'il portait : ils donnaient à l'affaire un air formel.

« Si vous le jugez nécessaire, dit Nordeck. Qu'est-ce qu'il y a à l'intérieur ? Philipp ne fume pas.

— J'ai trouvé la boîte derrière un carreau descellé dans la salle de bains », dit le policier.

Nordeck fut fâché d'apprendre qu'il y avait des carreaux descellés dans sa maison. Le policier ouvrit prudemment la petite boîte. Son collègue et Nordeck se penchèrent dessus et eurent un même mouvement de recul.

L'intérieur de la boîte était recouvert de plastique et séparé en deux compartiments. De chacun d'eux regardait un globe oculaire à peine desséché, juste un peu enfoncé. À l'intérieur du couvercle il y avait la photo d'une jeune fille — Nordeck la reconnut de suite : c'était Sabine, la fille de Gerike, l'instituteur. Hier, elle avait fêté son seizième anniversaire, Philipp était présent et, par le passé, il avait souvent parlé d'elle. Nordeck avait alors présumé que son fils en était tombé amoureux. Mais là, il blêmit : la jeune fille de la photo n'avait pas d'yeux, on les avait découpés.

Nordeck chercha le numéro de téléphone de l'instituteur dans son carnet d'adresses. Ses mains tremblaient. Il tenait le combiné de telle façon que les policiers puissent également entendre. Gerike fut étonné de l'appel. Non, Sabine n'était pas à la maison. Sitôt après la fête d'anniversaire, elle s'était rendue chez une amie à Munich. Non, elle ne s'était pas encore manifestée, mais c'était normal.

Gerike essaya de calmer Nordeck : « Il n'y a pas lieu de s'inquiéter, Philipp l'a conduite au train de nuit. »

La police interrogea deux employés de la gare, mit la maison de Nordeck sens dessus dessous et auditionna toutes les personnes invitées à la fête d'anniversaire — il n'y avait aucun élément relatif à la disparition de Sabine.

Le médecin légiste examina les yeux dans la boîte à cigares, c'étaient bien des yeux de mouton. De même, le sang sur les vêtements de Philipp provenait d'un animal.

Quelques heures après l'arrestation de Philipp, un paysan retrouva un mouton derrière sa ferme. Il le chargea sur ses épaules et le porta sous la pluie à travers les rues du village jusqu'au commissariat. La laine de la bête était détrempée, elle était lourde, du sang et de l'eau coulaient sur la veste de chasse du paysan. Il la jeta sur les marches du poste de police, la laine mouillée en frappa la porte et laissa sur le bois une trace sombre.

À mi-chemin entre le manoir de Nordeck et le village (qui comptait environ deux cents maisonnettes), un sentier bifurquait à travers champs, qui menait à une maison frisonne abandonnée, au toit couvert de chaume, sur la digue. On l'avait sobrement nommée « Dikhüs »[1]. De jour, elle était le haut lieu des jeux d'enfants. La nuit, sous la pergola, les amoureux s'y retrouvaient. De là, on pouvait entendre le roulement des vagues et les cris des mouettes.

Les fonctionnaires de la Criminelle y trouvèrent le portable de Sabine au milieu des épis d'avoine humides. À proximité, il y avait un serre-tête que Sabine avait le soir de son anniversaire, d'après son père. La zone fut bouclée et une centaine de policiers passa la campagne au peigne fin. Ils étaient aidés de chiens de recherches de personnes disparues. Des fonctionnaires de la police scientifiques furent déployés — habillés de combinaisons blanches, ils étaient à la recherche de preuves complémentaires. Mais ils ne trouvèrent rien d'autre.

En plus des nombreux policiers, la presse vint à Nordeck et interviewa quiconque se trouvait dans la rue. Presque plus personne ne s'aventurait hors de chez soi, on tira les rideaux et même le café du village resta vide. Seuls les journalistes, avec leurs besaces aux couleurs vives, fréquentaient l'établissement. Ils avaient ouvert leurs

---

1. *Dikhüs* en bas-allemand signifie « la maison de la digue ».

ordinateurs portables, pestaient contre la lenteur
des connexions Internet et échangeaient des
informations — qu'aucun n'avait.

Depuis des jours, il pleuvait sans interruption,
la nuit, le brouillard pesait sur les toits bas —
même le bétail semblait céder à la morosité. Les
habitants du village parlaient de l'affaire et ne
saluaient plus Nordeck quand ils le croisaient.

Au cinquième jour suivant l'arrestation de
Philipp, le porte-parole du Parquet ordonna la
publication d'une photo de Sabine et d'un avis
de recherche dans les journaux. Le lendemain,
quelqu'un avait gribouillé « Assassin » en rouge
sur la porte du manoir.

Philipp était en prison. Les trois premiers
jours, il parla à peine et, lorsqu'il émettait un
son, c'était incompréhensible. Au quatrième jour,
il refit surface. Les policiers l'interrogèrent, il
était bien disposé et répondit à leurs questions.
Il ne baissait la tête et ne se taisait que lorsqu'ils
voulaient parler des moutons. Les fonctionnaires,
bien entendu, s'intéressaient davantage à Sabine
mais Philipp se bornait à expliquer qu'il n'avait
fait que la conduire à la gare, qu'auparavant ils
étaient allés à Dikhüs et avaient parlé ensemble.
« En bons amis », disait-il. Que, peut-être, elle
avait perdu serre-tête et téléphone à ce moment.
Qu'il n'avait rien fait. Il n'y avait rien d'autre à
en tirer. Il ne voulait pas voir le psychiatre.

Le procureur Krauther était en charge de l'enquête. Il dormait si mal ces jours-ci que sa femme lui dit au petit déjeuner que, la nuit, il grinçait des dents. Son problème était qu'au fond il ne s'était encore rien passé. Philipp von Nordeck avait tué quelques moutons mais ce n'était qu'un dommage matériel et une infraction à la loi sur la protection des animaux. Il n'y avait pas eu de dommages financiers, son père avait remboursé les moutons et aucun des paysans n'avait porté plainte. Certes, Sabine n'était pas arrivée chez sa copine à Munich. « Mais c'est une jeune fille et il peut y avoir des milliers d'innocents motifs expliquant qu'elle ne se soit pas manifestée », confia Krauther à sa femme. La boîte à cigares était loin de prouver que Philipp l'avait tuée, même si le juge d'instruction avait avalisé sa demande d'incarcération. Krauther se sentait mal à l'aise.

Parce que, ici, à la campagne, il y avait peu d'affaires soulevant ce genre de questions, au moins l'examen médical de Philipp était allé vite. Le cerveau n'avait pas de malformations organiques, il n'y avait ni maladies du système nerveux central ni aberrations chromosomiques. Mais, pensait Krauther, il ne fait pas l'ombre d'un doute qu'il est complètement fou.

Lorsque je rencontrai le procureur pour la première fois, six jours s'étaient écoulés depuis l'arrestation, le contrôle de la régularité et la légalité de la détention devait avoir lieu le lendemain. Krauther avait l'air fatigué mais il semblait heureux de pouvoir partager ses réflexions avec quelqu'un. « Les perversions, d'après Rasch, ont tendance à s'intensifier, dit-il. Si, jusqu'à présent, ses victimes furent des moutons, est-ce que ça ne pourrait pas maintenant être des hommes ? »

Wilfried Rasch a passé jusqu'à sa mort pour une sommité de la psychiatrie médico-légale. Le point de vue selon lequel les perversions deviennent plus fortes avec le temps est une de ses théories scientifiques. Mais d'après tout ce que nous savions des faits et gestes de Philipp, je tenais pour improbable qu'il s'agît vraiment de perversion.

Avant l'entretien avec Krauther, j'avais parlé avec le vétérinaire qui avait fait disparaître les cadavres sur ordre de Nordeck. La police avait eu mieux à faire que d'auditionner cet homme — peut-être que, simplement, personne n'y avait songé. Le vétérinaire était un observateur minutieux et les incidents lui avaient paru si étranges qu'il avait rédigé un court rapport à propos de chaque mouton mort. Je remis ses descriptions au procureur qui les survola rapidement. Chacun des moutons avait été frappé de dix-huit coups de couteau. Krauther me regarda. La policière avait aussi parlé de ça, disant que Philipp avait constamment répété « dix-huit ». Il pouvait donc y avoir un lien avec ce chiffre.

Je dis ne pas croire que la sexualité de Philipp fût perturbée. Le médecin légiste avait autopsié le dernier mouton, mais il n'avait pas trouvé d'indices permettant de dire que tuer ces bêtes aurait excité Philipp. On ne trouva ni sperme ni signe attestant qu'il avait pénétré les moutons.

« Je ne pense pas que Philipp soit un pervers, dis-je.

— Quoi donc alors?

— Il est probablement schizophrène.

— Schizophrène?

— Oui, il a peur de quelque chose.

— Ça se peut bien mais il ne parle pas au psychiatre, dit Krauther.

— Il n'est pas non plus tenu de le faire, répondis-je. C'est bien simple, monsieur Krauther, vous n'avez rien. Vous n'avez pas de dépouille et vous n'avez pas de preuves laissant penser qu'il y ait eu crime. Vous n'avez pas un seul indice. Vous avez fait emprisonner Philipp von Nordeck parce qu'il a tué des moutons. Mais le mandat d'arrêt a été délivré pour homicide sur la personne de Sabine Gericke. Ça n'a pas de sens! Il n'est en détention que parce que vous avez un mauvais pressentiment. »

Krauther savait que j'avais raison. Et je savais qu'il le savait. Il y a des fois où il est plus aisé d'être défenseur que procureur. Mon devoir était de prendre parti et de me poster devant mes clients. Krauther devait rester neutre. Il ne le pouvait pas. « Si seulement la jeune fille refaisait surface », dit-il.

Krauther était assis dos à la fenêtre. La pluie battait contre les carreaux et y coulait à larges rigoles. Il se tourna sur son fauteuil de bureau et suivit mon regard vers l'extérieur, dans le ciel gris. Nous restâmes assis presque cinq minutes ainsi, regardant la pluie sans qu'aucun de nous deux dise mot.

Je couchais chez les Nordeck ; ma dernière visite remontait à dix-neuf ans, pour le baptême de Philipp. Au cours du dîner, une pierre lancée avait cassé un carreau. Nordeck dit que c'était la cinquième fois cette semaine, que ça n'avait aucun sens d'appeler la police pour cela, que je devais mettre ma voiture à l'abri dans l'une des granges, sinon, demain, les pneus en seraient lacérés.

Lorsque, aux alentours de minuit, j'étais dans mon lit, la sœur de Philipp, Viktoria, vint dans ma chambre. Elle avait cinq ans, elle portait une chemise de nuit aux couleurs très vives. « Peux-tu ramener Philipp ? » demanda-t-elle. Je me levai, la pris sur mes épaules et la ramenai dans son lit. Les portes étaient assez hautes, de sorte qu'elle ne se cogna pas la tête — un des rares avantages des vieilles demeures. Je m'assis sur son lit et la bordai.

« As-tu déjà eu un rhume ? lui demandai-je.

— Oui.

— Tu vois, Philipp a comme un rhume dans la tête. Il est un peu malade et doit être guéri.

— Comment il éternue *dans* sa tête? » demanda-t-elle. Manifestement, mon exemple n'était pas très heureux.

« On ne peut pas éternuer dans sa tête. Philipp est juste dérangé. Peut-être comme quand tu fais des mauvais rêves.

— Mais quand je me réveille, c'est de nouveau bien, dit-elle.

— C'est ça. Philipp doit de nouveau se réveiller complètement.

— Tu vas le ramener?

— Je ne sais pas, dis-je, je vais essayer.

— Nadine a dit que Philipp avait fait quelque chose de mal.

— Qui est Nadine?

— Nadine, c'est ma meilleure copine.

— Philipp n'est pas méchant, Viktoria. Maintenant, tu dois dormir. »

Viktoria ne voulait pas dormir, elle n'était pas satisfaite que j'en sache aussi peu. Elle se faisait du souci pour son frère. Puis elle voulut que je lui raconte une histoire. J'en inventai une où il n'était question ni de moutons ni de maladies. Lorsqu'elle fut endormie, j'allai chercher le dossier et mon ordinateur portable et je travaillai dans sa chambre jusqu'au petit matin. Elle se réveilla encore deux fois, s'assit un instant, me regarda puis se rendormit. Sur le coup de

6 heures, j'empruntai une des paires de bottes en caoutchouc qui traînaient dans la maison et sortis dans la cour fumer une cigarette. Il faisait froid et humide, j'étais abruti par la nuit blanche et il ne restait que huit heures jusqu'au contrôle de la régularité et de la légalité de la détention.

Ce jour-là, il n'y eut encore aucune trace de Sabine. Ça faisait maintenant une semaine qu'elle avait disparu. Le procureur Krauther requit le maintien en détention.

Les contrôles de la régularité et la légalité de la détention sont la plupart du temps des rendez-vous désagréables. La loi stipule qu'il faut contrôler s'il y a bien présomption de culpabilité contre la personne incarcérée. Ça a l'air limpide mais, dans les faits, c'est très dur à juger. À ce moment, l'enquête n'en est souvent qu'à ses débuts, la procédure également, et beaucoup de choses sont encore confuses. Le juge ne doit pas prendre les choses à la légère, il doit rendre une décision concernant la liberté d'une personne peut-être innocente. Ces contrôles sont bien moins formels que les débats au tribunal, ils se tiennent à huis clos, juges, procureurs et avocats ne portent pas de robe et, dans la pratique, c'est un entretien sérieux au sujet du maintien en détention.

Le juge d'instruction dans l'affaire contre Philipp était un homme jeune qui venait tout juste de finir sa période probatoire. Il était nerveux, ne voulait pas commettre d'erreurs. Après une demi-heure, il dit qu'il avait pris en note tous les arguments, qu'il rendrait sa décision conformément aux règles de fonctionnement de son service. Cela signifiait qu'il voulait tirer profit des deux semaines de délai pour attendre de nouveaux résultats dans l'enquête. Ce n'était satisfaisant pour personne.

Lorsque je quittai le tribunal d'instance, il pleuvait encore à verse.


Sabine était assise sur un banc en bois sur l'entrepont du ferry entre Kollund et Flensburg. Elle avait passé, dans la station balnéaire qui ne comptait guère plus qu'un marchand de meubles et une petite plage, une semaine heureuse, malgré la pluie, en compagnie de Lars. Lars était un jeune ouvrier du bâtiment, le nom de son club de foot était tatoué sur son dos. Sabine avait caché à ses parents la semaine qu'elle avait passée avec lui, son père n'aimait pas Lars. Ses parents lui faisaient confiance, elle pensait que, de toute façon, ils ne l'appelleraient pas.

Lars l'avait conduite au bateau, maintenant Sabine avait peur. Déjà, lorsqu'elle avait embarqué à bord du petit ferry, l'homme à la veste dépenaillée l'avait dévisagée. Il continuait à la regarder droit dans les yeux et voilà qu'en plus il venait vers elle. Elle voulut se lever et partir lorsque l'homme lui demanda : « Êtes-vous Sabine Gericke ?

— Hmmh, oui.

— Pour l'amour du ciel, jeune fille, téléphonez tout de suite chez vous, on vous cherche partout. Jetez un coup d'œil au journal. »

Peu de temps après, le téléphone sonna chez les parents de Sabine et une demi-heure plus tard le procureur Krauther m'appela. Sabine, dit-il, était juste en vadrouille avec son copain, on l'attendait pour cet après-midi. Philipp allait être libéré mais il devait absolument être pris en charge psychiatriquement. Quoi qu'il en soit, j'en avais déjà convenu avec lui-même et son père. Krauther me fit promettre de m'en occuper.

Je passai le prendre à la maison d'arrêt, qui avait l'air de sortir d'une boîte de jeu de construction. Bien entendu, Philipp se réjouissait d'être de nouveau libre et que Sabine allât bien. En retournant à la maison paternelle, je lui demandai s'il avait envie d'aller se balader un peu. Nous nous arrêtâmes sur un chemin à travers champs. Au-dessus de nos têtes, le ciel formait une voûte lointaine, on aurait dit une peinture d'Emil Nolde. La pluie avait cessé de tomber et l'on entendait crier les mouettes. Nous parlâmes de son internement, de son amour pour les motos et de la musique qu'il écoutait en ce moment. D'un coup, il dit, sans aucun rapport avec le reste, ce qu'il n'avait pas voulu dire au psychiatre :

« Je vois les hommes et les animaux comme des chiffres.

— Qu'entends-tu par là?

— Lorsque je vois un animal, peu importe lequel, il a un chiffre. La vache, là-bas derrière, par exemple, est un 36. La mouette un 22. Le juge était un 51, le procureur un 23.

— Est-ce réfléchi?

— Non, je le vois. Je le vois du premier coup d'œil. Comme les autres voient un visage. Je n'y réfléchis pas, c'est juste là.

— Est-ce que moi aussi j'ai un chiffre?

— Oui. Le 5. Un bon chiffre. »

Nous ne pûmes nous retenir de rire. C'était la première fois depuis son incarcération. Nous marchâmes un moment, l'un à côté de l'autre, en silence.

« Philipp, que se passe-t-il avec le 18? »

Il me regarda, apeuré.

« Pourquoi 18?

— Tu as dit ce chiffre à la policière et tu as tué les moutons de dix-huit coups de couteau.

— Non. C'est faux. J'ai commencé par les tuer. Puis je les ai poignardés six fois dans chaque flanc et six fois dans le dos. Je devais aussi leur arracher les yeux. Ce n'était vraiment pas facile, j'ai détruit les premiers en le faisant. »

Philipp commença à trembler puis il proféra :

« J'ai peur du dix-huit. C'est le diable. Trois fois six. Dix-huit. Tu comprends? »

Je le regardai, interrogateur.

« L'Apocalypse, l'Antéchrist. C'est le signe de la bête et du diable », hurla-t-il presque.

En effet, le 666 est un chiffre biblique qui apparaît dans la révélation de saint Jean en ces termes : « C'est ici la sagesse. Que celui qui a de l'intelligence calcule le nombre de la bête. Car c'est un nombre d'homme, et son nombre est 666. » La croyance populaire veut que l'évangéliste ait décrit le diable en ces mots.

« Si je ne tue pas les moutons, leurs yeux vont mettre le feu à tout le pays. Leurs yeux sont le péché, ils sont comme les yeux d'Ève qui s'ouvrent sur la pomme de la connaissance, ils vont tout détruire. »

Philipp se mit à pleurer, sans retenue, comme un enfant, il tremblait de tout son corps.

« Philipp, je t'en prie, écoute-moi. Tu as peur des moutons et de leurs yeux diaboliques. Je peux comprendre. Mais toute cette histoire de la révélation de saint Jean n'a aucun sens. Jean ne pensait pas au diable avec 666; c'était une allusion cachée à Néron, l'empereur romain.

— Quoi?

— Suivant la numérologie hébraïque, quand on additionne les valeurs numériques du nom César-Néron on obtient la somme 666. C'est tout. Jean ne pouvait écrire cela, il devait donc le chiffrer. Ça n'a rien à voir avec l'Antéchrist. »

Philipp continua de pleurer. Ça n'avait aucun sens de lui dire que, nulle part dans la Bible, il n'était question d'un pommier au Paradis. Philipp vivait dans son propre monde. Au bout d'un moment il s'apaisa et nous retournâmes à la voiture. L'air était devenu clair et sentait le sel.

« J'ai encore une question, dis-je un peu plus tard.

— Oui ?

— Qu'est-ce que tout cela a à voir avec Sabine ? Pourquoi as-tu fait ça avec ses yeux ?

— Quelques jours avant son anniversaire, j'ai vu ses yeux dans ma chambre, dit Philipp. Elle avait reçu des yeux de mouton. Puis tout est devenu évident. Je le lui ai dit à Dikhüs, le soir de son anniversaire mais elle n'a pas voulu l'entendre. Elle a eu peur.

— Qu'est-ce qui est devenu évident ? demandai-je.

— Son prénom et son nom de famille ont chacun six lettres.

— Tu as voulu la tuer ? »

Philipp me regarda pendant un long moment. Puis il dit : « Non, je ne veux pas tuer d'êtres humains. »


Une semaine plus tard, je conduisis Philipp à une clinique psychiatrique en Suisse. Il ne voulait pas que son père vînt avec nous. Après que nous eûmes défait sa valise, le directeur de l'éta-

blissement nous reçut et nous montra les bâti-
ments clairs et modernes. Ici, Philipp était bien
accueilli — pour peu que l'on puisse dire cela
d'une maison de santé.

J'avais eu une longue discussion téléphonique
avec le médecin en chef. Même à distance, lui
aussi était de l'avis que tout laissait penser à une
schizophrénie paranoïaque. Cette maladie n'est
pas rare, on estime qu'environ un pour cent de
la population en souffre une fois dans sa vie. Souvent, elle se manifeste par des crises et conduit à
des troubles de perception de la pensée et des
sens. La plupart des patients entendent des voix,
beaucoup croient qu'ils sont suivis, qu'ils sont
responsables de catastrophes naturelles ou, à
l'instar de Philipp, ils sont torturés par des obses-
sions. On traite la maladie avec des médicaments
et de longues thérapies. Les patients doivent
être confiants et s'ouvrir. Les chances d'une gué-
rison complète avoisinent les 30 pour cent.

À la fin de la visite, Philipp me raccompagna
à la porte. Il n'était encore qu'un jeune homme
solitaire, triste et apeuré. Il dit :

« Tu ne m'as pas demandé quel chiffre je suis.

— En effet. Alors, quel chiffre es-tu ?

— Vert », dit-il, puis de faire volte-face pour
regagner la clinique.

L'ÉPINE

Au fil de sa vie, Feldmayer avait eu nombre de boulots. Il avait été postier, serveur, photographe, pizzaiolo et, pendant six mois, forgeron. À trente-cinq ans, il posa sa candidature pour un poste de gardien au musée municipal d'antiquités et, à sa grande surprise, il fut embauché.

Après avoir rempli tous les formulaires, répondu aux questions et fourni des photos d'identité pour obtenir son laissez-passer, on lui remit, chez le fourrier, trois uniformes gris, six chemises bleu pâle et deux paires de chaussures noires. Un futur collègue lui fit visiter le bâtiment, lui montra la cantine, la salle de repos, les sanitaires et lui expliqua comment utiliser la pointeuse. À la fin, il vit la salle dont il aurait la surveillance.

Alors que Feldmayer allait et venait dans le musée, Mlle Truckau, une des deux préposés au service du personnel, mettait de l'ordre dans ses documents, en envoya une partie à la comptabilité et rédigea un dossier de procédure. Les noms des gardiens devaient être reportés sur une petite carte et classés dans un fichier. Toutes les six semaines, les employés étaient ainsi affectés dans un autre musée municipal en fonction de l'ordre de ce fichier pour diversifier leur service.

Mlle Truckau songeait à son copain. Il l'avait demandée en mariage, hier, dans le café où, depuis presque huit mois, ils se retrouvaient après le travail. Il avait rougi, avait bafouillé, ses mains étaient devenues humides, leur contour s'était imprimé sur la petite table en marbre. Elle avait sauté de joie, l'avait embrassé devant tout le monde, puis ils avaient couru jusqu'à son appartement. Maintenant elle était éreintée et débordait de projets ; elle n'allait pas tarder à le revoir, il avait promis de passer la prendre. Elle resta une demi-heure aux toilettes, tailla ses crayons à papier, tria des trombones, traîna dans le couloir et, enfin ! elle fut libre. Elle enfila sa veste en toute hâte, dévala les escaliers jusqu'à la sortie et se jeta dans ses bras. Mlle Truckau avait oublié de fermer la fenêtre.

Plus tard, lorsque la femme de ménage ouvrit la porte du bureau, un courant d'air renversa le fichier à moitié plein. Il tomba par terre et fut balayé par le vent. Le lendemain, Mlle Truckau pensait à toutes sortes de choses — mais pas à la fiche de Feldmayer. Son nom ne fut pas classé dans le fichier des rotations et, un an plus tard, lorsque Mlle Truckau démissionna du service pour congé parental, on avait oublié Feldmayer.

Jamais il ne s'en plaignit.

La salle était presque vide, haute de 8 mètres pour une surface d'environ 150 mètres carrés. Les murs et les plafonds en demi-cercle étaient en briques dont l'éclat du rouge avait été atténué par une couche de calcaire, ce qui le rendait chaleureux. Le sol était recouvert de marbre gris-bleu. C'était la dernière des douze salles qui se faisaient suite dans une aile du musée. Au milieu de la salle trônait un buste monté sur un piédestal en pierre grise. Sous la fenêtre centrale, parmi les trois hautes fenêtres que comptait la salle, il y avait une chaise. Sur le rebord gauche de la fenêtre, un hygromètre sous une cloche en verre. On l'entendait faire doucement tic-tac. La fenêtre donnait dans une cour intérieure où se trouvait un unique châtaignier. Le gardien le plus proche faisait son service à quatre salles de là — parfois, Feldmayer pouvait entendre le couinement lointain de ses semelles en caoutchouc sur le sol en pierre. Sinon, il n'y avait aucun bruit. Feldmayer s'asseyait et attendait.

Au cours des premières semaines, nerveux, il se levait toutes les cinq minutes, allait et venait dans sa salle, comptait ses pas et se réjouissait de la venue de chaque nouveau visiteur. Feldmayer cherchait quelque chose à faire. Il mesura sa salle au seul moyen d'une règle en bois qu'il avait apportée de chez lui. Il prit d'abord la longueur et la largeur d'une dalle en marbre et en déduisit la surface totale du sol. Puis il réalisa qu'il avait oublié de prendre en compte les jointures ; il les mesura également et les ajouta au résultat. Ce fut plus dur pour les murs et les plafonds mais Feldmayer avait tout son temps.

Il tenait à jour un cahier d'écolier dans lequel il reportait toutes les mesures. Il mesura les portes et leurs chambranles, les découpes pour les serrures, la longueur de la clenche, les plinthes au sol, les cache-radiateurs, les poignées de fenêtres, l'espace entre le double vitrage, la taille de l'hygromètre et les interrupteurs. Il connaissait le volume de la salle en mètres cubes, jusqu'où arrivaient les rayons de soleil et quelle dalle ils irradiaient, et ce pour chaque jour de l'année, il connaissait l'humidité moyenne et ses variations matin, midi et soir. Il consigna que la douzième jointure, en partant depuis l'entrée, était plus étroite d'un demi-millimètre. La deuxième poignée de la fenêtre de gauche avait sur sa partie inférieure une éclaboussure de peinture bleue qu'il ne pouvait s'expliquer puisqu'il n'y avait rien de bleu dans la salle. L'un des cache-radiateurs n'avait pas été parfaitement laqué en un endroit précis et il y avait trois trous de la taille d'une épingle à nourrice dans les briques du mur du fond.

Feldmayer comptait les visiteurs. Combien de temps ils restaient dans sa salle, de quel côté ils étudiaient la statue, combien de fois ils regardaient par la fenêtre, lequel d'entre eux lui faisait un signe. Il établit des statistiques quant à la fréquentation masculine ou féminine du lieu, sur les enfants, les professeurs et les classes, à propos de la couleur des vestes, des chemises, des manteaux, des pull-overs, des pantalons, des jupes et des chaussettes des visiteurs. Il comptait combien de fois l'un ou l'autre respirait dans sa salle, consigna pour chaque dalle en marbre le nombre de fois où on la piétinait, combien de mots étaient prononcés, et lesquels. Il y avait des statistiques sur les cheveux, les yeux et la couleur de peau, d'autres sur les écharpes, les sacs à main et les ceintures, d'autres encore sur les calvities, les barbes et les alliances. Il comptait les mouches et essayait de saisir les mouvements de leur vol et les endroits où elles se posaient.

Le musée métamorphosa Feldmayer. Il en était d'abord venu à ne plus pouvoir supporter le son de sa télévision le soir. Pendant six mois, il l'allumait sans le son puis ne l'alluma plus du tout et finit par l'offrir à un couple d'étudiants qui avait emménagé sur son palier. Ensuite ce fut au tour des images. Il avait chez lui quelques reproductions : *Pommes et oranges, Les Tournesols* et *Le Watzmann.* Les couleurs commencèrent à l'irriter, il décrocha les reproductions et les jeta à la poubelle. Peu à peu, il fit le vide dans son appartement : les illustrés, les vases, les cendriers décorés, les dessous-de-plat, un dessus-de-lit violet et deux assiettes avec des motifs de Tolède. Feldmayer jeta tout. Il enleva la tapisserie, lissa les murs et les blanchit à la chaux, il enleva les tapis et ponça les sols.

Au bout de quelques années, la vie de Feldmayer suivait toujours le même rythme. Il se levait chaque matin à 6 heures. Puis, sans se préoccuper de la météo, il faisait un parcours de 5 400 pas dans le parc municipal. Il marchait tranquillement et savait quand les feux de circulation des intersections passaient au vert. Si, d'aventure, il ne parvenait pas à tenir le rythme, le reste de la journée lui paraissait maussade.

Chaque soir, il enfilait un vieux pantalon et polissait à genoux le plancher de son appartement — un labeur pénible qui durait presque une heure et qui le satisfaisait. Il accomplissait minutieusement les tâches ménagères et dormait d'un sommeil profond et serein. Le dimanche, il fréquentait toujours le même restaurant, commandait un poulet et buvait deux bières. En général, il prenait encore le temps de deviser avec le patron — ils étaient allés ensemble à l'école.

Avant le musée, Feldmayer avait régulièrement eu des copines, puis elles l'intéressèrent de moins en moins. Il n'en avait pas besoin, disait-il au patron. « Elles ne sont bonnes qu'à parler fort et à poser des questions auxquelles je ne peux pas répondre et je n'ai rien à dire sur mon travail. »

Le seul loisir de Feldmayer était la photographie. Il avait un beau Leica, acheté d'occasion à un bon prix. Au cours de l'un de ses métiers, il avait appris à développer lui-même les photos. Dans le débarras de son appartement, il avait aménagé une chambre noire mais après ces années au musée, il trouvait ça futile.

Il téléphonait régulièrement à sa mère et lui rendait visite toutes les trois semaines. À sa mort, il n'eut plus de famille. Feldmayer résilia son abonnement téléphonique.

Sa vie suivait son cours, il évitait toute excitation. Il n'était ni heureux ni malheureux — Feldmayer était satisfait de son existence.

Jusqu'à ce qu'il se préoccupât de la sculpture.

C'était un tireur d'épine, un thème remontant à l'Antiquité. Un jeune garçon nu est assis sur un rocher, il est penché en avant, sa jambe gauche est repliée sur sa cuisse droite. De sa main gauche il tient son cou-de-pied gauche, de la droite il retire une épine de la plante de son pied. La statue en marbre dans la salle de Feldmayer était une stylisation romaine de l'original grec. Elle n'avait pas vraiment de valeur, il y en a d'innombrables copies.

Feldmayer avait mesuré la statue sous toutes ses coutures, avait lu à son sujet tout ce que l'on pouvait trouver, il aurait même pu dessiner de tête l'ombre de la statue sur le sol. Mais un jour, entre sa septième et sa huitième année passée au musée, il ne savait plus vraiment avec exactitude, tout chavira. Feldmayer était assis sur sa chaise, il regardait le buste sans réellement le voir. D'un coup il se demanda si le jeune garçon avait trouvé l'épine dans son pied. Il ne savait pas d'où lui venait cette question, elle était juste là et elle ne disparut plus jamais.

Il alla auprès de la statue et l'examina. Il ne parvenait pas à trouver l'épine dans le pied. Feldmayer devint nerveux, un sentiment qu'il ne connaissait plus depuis des années. Plus il le regardait longtemps, moins il était certain que le garçon nu avait réussi à saisir l'épine. Cette nuit-là, Feldmayer dormit mal. Le lendemain matin, il ne fit pas son tour dans le parc et il renversa son café. Il arriva trop tôt au musée et dut attendre une demi-heure que l'entrée du personnel ouvrît. Dans sa poche, il avait une loupe. Il courut presque à sa salle, à l'aide de la loupe il examina la statue millimètre par millimètre. Il ne trouva aucune épine, ni entre le pouce et l'index du garçonnet, ni dans son pied. Feldmayer se dit que, peut-être, le jeune garçon avait déjà fait tomber l'épine. Il fit le tour de la statue à genoux, scrutant le sol. Puis il se sentit mal et alla vomir dans les toilettes.

Feldmayer aurait voulu n'avoir jamais pensé à cette histoire d'épine.

Au cours des semaines qui suivirent, il alla de mal en pis. Tous les jours, il était assis dans la salle avec le jeune garçon et il gambergeait. Il s'imaginait comment il avait joué, peut-être à cache-cache ou au foot. Non, pensa-t-il ensuite, il avait lu quelque chose à ce propos. C'était probablement une course. Ils faisaient continuellement ce genre de choses en Grèce. Puis le garçonnet avait marché sur une minuscule épine. Ça lui avait fait mal, il n'était pas parvenu à reprendre sa course. Les autres avaient poursuivi la course mais il avait dû s'asseoir sur le rocher. Et maintenant cette satanée épine, cette épine invisible était plantée dans son pied depuis des siècles et il ne réussissait pas à l'enlever. Feldmayer devenait de plus en plus nerveux. Après quelques mois, il était oppressé lorsqu'il se levait. Le matin, il traînait pendant longtemps dans la salle de repos, se rendit compte que ses collègues, dans son dos, le surnommaient le « moine », causait avec tout le monde au réfectoire et faisait tout ce qu'il pouvait pour arriver le plus tard possible dans sa salle. Puis, lorsqu'il était en présence du jeune garçon, il ne pouvait plus le regarder.

Ça empira encore. Feldmayer avait des suées soudaines, des palpitations et se rongeait les ongles. Il ne pouvait presque plus dormir, lorsqu'il s'assoupissait, il faisait des cauchemars et se réveillait en nage. Sa vie extérieure n'était plus qu'une enveloppe vide. Bientôt, il crut que l'épine était dans sa tête où elle grandissait encore et encore. L'épine le grattait à l'intérieur du crâne, Feldmayer pouvait en *entendre* le bruit. Tout ce qui, jusque-là dans sa vie, était vide, calme et ordonné se mua en un chaos fait d'aiguilles acérées. Et il n'y avait pas de rédemption possible. Il ne pouvait plus rien supporter et il avait des difficultés à respirer. Parfois, il avait si peu d'air qu'il ouvrait une des fenêtres de la salle, ce qui était formellement interdit. Il ne mangeait plus qu'en minuscules quantités ; il pensait qu'il allait s'asphyxier. Il était convaincu que le pied du garçonnet s'était infecté et, lorsqu'il y jetait un coup d'œil, il était certain que le jeune garçon grossissait chaque jour un peu plus. Il devait le libérer, le délivrer de sa souffrance. C'est ainsi que l'idée des punaises s'installa dans l'esprit de Feldmayer.

Dans un magasin pour fournitures de bureau, il acquit une pleine boîte de punaises dont la tête, d'un jaune vif, était bien visible. Il acheta les plus petites qu'il pût trouver, il ne fallait pas que ça fît trop mal. Trois rues plus loin, il y avait un magasin de chaussures. Feldmayer n'eut pas à attendre longtemps : un homme efflanqué essaya une chaussure, cria de douleur, alla à cloche-pied jusqu'à un banc et retira en jurant une punaise jaune de son coussinet plantaire. Il la tenait entre son pouce et son index dans la lumière et la montra aux autres clients.

Le cerveau de Feldmayer libéra tant d'endorphines au spectacle de cette punaise enlevée qu'il en fut presque submergé. Une joie pure l'envahit pendant des heures, son oppression et son impuissance disparurent subitement, il voulait étreindre l'homme blessé et le monde entier. Après cette ivresse, il fit de nouveau une nuit complète, ce qui ne lui était pas arrivé depuis des mois, et eut un rêve récurrent : le garçonnet retirait l'épine, se levait, riait et le saluait de la main.

Il ne se passa que dix jours avant que, de nouveau, le tireur d'épine lui montrât son pied, l'air réprobateur. Feldmayer soupira mais il savait ce qu'il devait faire : il avait encore la boîte de punaises dans sa poche.


Feldmayer était employé par le musée depuis vingt-trois ans. Dans quelques minutes, il en aurait fini. Feldmayer se leva et secoua ses jambes, ces derniers temps elles étaient souvent

engourdies — parce qu'il restait assis pendant
longtemps. Dans deux minutes tout serait ter-
miné. Il mit la chaise sous la fenêtre du milieu,
ainsi qu'il l'avait trouvée au premier jour, en
arrangea la disposition et passa sa manche dessus. Puis, pour la dernière fois, il alla vers le
buste.

Jamais, en vingt-trois ans, il n'avait touché le
tireur d'épine. Et rien de ce qui se passa n'avait
été prémédité par Feldmayer. Il se vit lui-même
en train de saisir le buste à deux mains, il sentit
le marbre lisse et froid en l'arrachant au socle. Il
était plus lourd que ce qu'il avait imaginé. Il le
tenait devant son visage, il en était maintenant
tout proche, puis il le souleva au-dessus de sa
tête, toujours plus haut, il était sur la pointe des
pieds, il le tenait en l'air, aussi haut qu'il le pût.
Il resta ainsi presque une minute entière puis se
mit à trembler. Il inspira, le plus profondément
possible, projeta de toutes ses forces le buste
contre le sol et cria. Feldmayer cria comme
jamais de sa vie il n'avait crié. Son cri résonna
dans la salle, répercuté de mur en mur et il était
si effrayant qu'un serveur du café du musée, à
neuf salles de là, laissa tomber tout un plateau.
La statue se brisa avec éclat sur le sol, une dalle
en marbre se fissura.

Puis il se passa une chose étrange : il sembla à
Feldmayer que le sang dans ses veines changeait
de couleur, qu'il devenait rouge vif, il le sentait
se répandre, pulsé dans tout son corps, de l'es-

tomac jusqu'aux doigts et aux pointes de ses pieds — ça l'illuminait de l'intérieur. La dalle brisée, les creux dans les murs de brique et les grains de poussière devinrent palpables, tout se bombait contre lui, les éclats de marbre projetés en l'air avaient l'air de flotter. Puis il vit l'épine, elle brillait d'un éclat singulier, il la vit de tous les côtés à la fois jusqu'à ce qu'elle s'effaçât et disparût.

Feldmayer tomba à genoux. Il leva lentement la tête et regarda par la fenêtre. Le châtaignier était d'un vert tendre que seuls les premiers jours du printemps peuvent rendre, le soleil de l'après-midi projetait des ombres dansantes sur le sol de la salle. Il n'y avait plus de douleur. Feldmayer sentait la chaleur sur son visage, son nez le démangeait puis il se mit à rire. Il rit et rit encore, il se tenait le ventre de rire et il ne pouvait plus arrêter.

Les deux agents de police qui conduisirent Feldmayer chez lui furent étonnés du dénuement de son appartement. Ils le firent asseoir sur l'une des deux chaises de la cuisine et voulurent attendre qu'il se calmât et qu'éventuellement il leur racontât ce qui s'était passé.

L'un des agents chercha la salle de bains. Il ouvrit par mégarde la porte de la chambre à coucher, entra dans la pièce sombre et tâtonna pour trouver l'interrupteur. Voici ce qu'il vit alors : les murs et le plafond étaient tapissés de milliers de photos, elles se chevauchaient, il n'y avait plus un millimètre de libre. Il y en avait même sur le sol et la table de nuit. Elles montraient toutes le même motif, seuls les lieux changeaient : des hommes, des femmes et des enfants étaient assis sur des escaliers, sur des chaises, sur des canapés et des rebords de fenêtres, ils étaient assis dans des piscines, des magasins de chaussures, dans des champs et au bord de la mer. Et, tous, ils retiraient une punaise jaune de leur pied.

La direction du musée porta plainte contre Feldmayer pour dégradation de biens et voulut demander des dommages et intérêts. Le Parquet ouvrit une procédure concernant les centaines de cas de dommage corporel. Le chef de section compétent du Parquet décida de faire examiner Feldmayer par un spécialiste en psychiatrie. L'expertise fut singulière. Le psychiatre ne parvenait pas à se décider : d'une part, disait-il, Feldmayer avait souffert d'une psychose, d'autre part, il était possible que la destruction de la statue l'eût guéri. Peut-être que Feldmayer était dangereux, et les punaises pourraient bien devenir des couteaux. Peut-être que non.

Finalement, le Parquet renvoya l'affaire devant le tribunal répressif. Cela signifiait que le procureur partait sur la base d'une peine de deux à quatre ans maximum.

Lorsqu'il y a mise en accusation, le tribunal doit décider si celle-ci peut déboucher sur une audience. Le juge ouvre une procédure lorsqu'il estime la condamnation plus plausible que la relaxe. C'est du moins ce que l'on trouve dans les manuels de droit. En réalité, d'autres questions, bien différentes, jouent un rôle. Aucun juge ne remet volontiers sa décision à un tribunal supérieur, raison pour laquelle nombre de procédures sont engagées bien qu'au fond le juge estime que l'accusé sera relaxé. Si le juge ne veut pas ouvrir la procédure, il cherche à dialoguer avec le Parquet, afin d'être certain que sa décision n'ira pas en recours.

Le juge, le procureur et moi-même étions assis dans le bureau du juge et discutions de l'affaire. Les preuves du Parquet me semblaient insuffisantes : il n'y avait rien d'autre que les photos, l'accusation ne pouvait produire de témoins et on ne connaissait pas vraiment l'âge des photos — les faits remontaient peut-être à plusieurs années, qui pouvait bien le savoir ? L'expertise du psychiatre n'apportait pas grand-chose et Feldmayer n'était pas passé aux aveux. Ne restaient que les dommages subis par la statue. J'étais certain que la faute en incombait avant tout à la direction du musée. Pendant vingt-trois ans, elle avait oublié Feldmayer dans une salle, l'avait retenu prisonnier.

Le juge acquiesça. Il était en colère. Il dit qu'il préférerait voir la direction du musée au banc des accusés, après tout c'était bien l'administration municipale qui avait détruit un homme. Le juge voulait que la procédure fût suspendue en raison d'une responsabilité atténuée. Il fut très clair. Mais suspendre la procédure nécessite l'approbation de l'instruction et notre procureur n'était pas prêt à donner son aval.

Quelques jours plus tard, j'en reçus pourtant confirmation : la procédure était suspendue. Lorsque je téléphonai au juge, il me dit que le supérieur de notre procureur l'avait surpris en approuvant notre demande. Naturellement, la raison n'en fut jamais communiquée officiellement, mais ça tombait sous le sens : si la procédure avait été menée à son terme, la direction du musée aurait dû se poser des questions fort embarrassantes. Et un juge mécontent aurait donné carte blanche à la défense. Feldmayer s'en serait tiré avec une peine minime mais la ville et le musée auraient comparu.

En définitive, la direction du musée renonça également à des poursuites au civil. Lors de notre déjeuner, le directeur me confia qu'il était content que Feldmayer n'eût pas surveillé « la salle de Salomé ».

Feldmayer conserva son droit à une pension, le musée fit une déclaration presque inaperçue pour expliquer qu'une statue avait été endommagée à la suite d'un accident ; on ne mentionna pas le nom de Feldmayer et, plus jamais, il ne toucha une punaise.

On avait réuni les débris du buste dans un carton et on les avait apportés aux ateliers du musée. Une restauratrice reçut pour tâche de le reconstituer. Elle en étala les morceaux sur une table recouverte d'un tissu noir. Elle photographia chaque éclat et inventoria plus de deux cents pièces dans un document.

L'atelier était calme lorsqu'elle s'attela à la tâche. Elle avait ouvert une fenêtre, la chaleur printanière se répandit dans l'atelier et elle considérait les débris tout en fumant une cigarette. Elle était heureuse de pouvoir travailler là après ses études, le tireur d'épine était son premier gros chantier. Elle savait que l'assemblage pouvait durer longtemps, peut-être des années.

De l'autre côté de la table, il y avait une petite tête de Bouddha en bois venant de Kyoto. Il était très ancien, son front était lézardé. Le Bouddha souriait.

# L'AMOUR

Elle était assoupie, sa tête reposait sur ses cuisses. C'était un chaud après-midi d'été, les fenêtres étaient ouvertes, elle se sentait bien. Ça faisait maintenant deux ans qu'ils se connaissaient — ils étudiaient tous deux la microéconomie à Bonn, ils assistaient aux mêmes cours. Elle savait qu'il l'aimait.

Patrik caressait son dos. Le livre l'ennuyait. Il n'aimait pas Hesse et s'il lisait les poèmes à haute voix, c'était parce qu'elle le voulait. Il considérait sa peau nue, sa colonne vertébrale et ses omoplates ; il les dessinait des doigts. Sur la table de nuit, il y avait le couteau suisse avec lequel il avait coupé la pomme qu'ils avaient mangée. Il mit le livre de côté et prit le couteau. Les yeux mi-clos, elle vit qu'il eut une érection. Elle ne put retenir un sourire, ils venaient de faire l'amour. Il déplia la lame. Elle leva la tête en direction de son sexe. Puis elle sentit la coupure dans son dos. Elle cria, repoussa sa main et se leva. Le couteau vola sur le parquet, elle sentit le sang

couler le long de son dos, il la regardait, décon-
certé — elle le gifla, prit ses habits sur la chaise
et courut dans la salle de bains. Son appartement étudiant se trouvait au rez-de-chaussée
d'un vieux bâtiment. Elle enfila ses habits avec
hâte, escalada la fenêtre et s'en fut en courant.

Quatre semaines plus tard, la police lui envoyait l'assignation à comparaître — et parce qu'il
n'avait pas effectué de changement d'adresse
auprès du service municipal de déclarations
domiciliaires, comme nombre d'étudiants, la
lettre n'arriva pas à Bonn mais atterrit à Berlin,
dans la boîte aux lettres familiale. Sa mère crut
que c'était une contravention ; elle l'ouvrit. Le
soir, ses parents eurent une longue discussion,
ils se demandaient ce qu'ils avaient pu rater.
Puis son père téléphona à Patrik. Le lendemain,
sa mère convenait d'un rendez-vous avec mon
secrétariat et, une semaine plus tard, toute la
famille était assise dans mon étude.

C'étaient des gens sans histoires. Le père était
chef de chantier, robuste, sans menton, ses
jambes et ses bras étaient courts. La mère, proche
de la cinquantaine, ancienne secrétaire, était
autoritaire et pleine d'énergie. Patrik ne ressemblait pas à ses parents. C'était un jeune homme
d'une grande beauté, aux mains fines et aux

yeux sombres. Il décrivit le déroulement des faits. Dit qu'il était avec Nicole depuis deux ans, qu'ils ne s'étaient jamais disputés. Sa mère l'interrompait toutes les deux phrases. Puis *elle* dit que, bien sûr, ça avait été un accident. Patrik ajouta qu'il était désolé, qu'il aimait cette fille, qu'il voulait s'excuser auprès d'elle mais qu'il ne parvenait plus à la joindre.

Sa mère se mit à parler un peu trop fort : « C'est bien mieux ainsi. Je ne veux pas que tu la revoies. Par ailleurs, que ça te plaise ou non, tu iras à l'université de Saint-Gall l'année prochaine. » Le père parlait peu. À la fin de la discussion, il demanda ce que Patrik encourait.


Je pensais que ce serait un petit mandat, vite expédié. La police venait d'envoyer le dossier au Parquet auprès du tribunal cantonal. Je téléphonai à la procureur du tribunal cantonal qui travaillait sur la procédure. Elle était à la tête d'un grand département, celui de la violence domestique. Des milliers de cas par an, qui avaient pour principale origine l'alcool, la jalousie et des querelles pour avoir la garde des enfants. Elle me dit rapidement de quoi il retournait.

Deux jours plus tard j'avais tout le dossier sur mon ordinateur, une petite quarantaine de pages à peine. La photo du dos de la jeune fille montrait une coupure longue de 15 centimètres, les bords de la plaie étaient lisses, ça guérirait bien, il n'y aurait pas de cicatrice. Mais j'étais certain que cette coupure n'était pas un accident. Un couteau qui tombe blesse tout autrement.

Je priai la famille de venir à un second entretien et, comme l'affaire n'était pas urgente, le rendez-vous n'aurait lieu que dans trois semaines.

Lorsque, cinq jours plus tard, un jeudi soir, je fermai la porte de l'étude et allumai la lumière dans la cage d'escalier, Patrik était là, assis sur les marches. Je l'invitai à entrer mais il fit non de la tête. Il avait les yeux vitreux et une cigarette éteinte entre les doigts. Je retournai dans l'étude, pris un cendrier et lui donnai du feu. Puis je m'assis à ses côtés. La minuterie arrivée à son terme, la lampe s'éteignit, nous étions dans le noir et nous fumions.

« Patrik, que puis-je pour vous ? demandai-je au bout d'un moment.

— C'est difficile, dit-il.

— Ça l'est toujours, dis-je et j'attendis un instant.

— Je n'en ai encore parlé à personne.

— Prenez votre temps, c'est très confortable ici. »

C'était froid et inconfortable.

« J'aime Nicole comme jamais encore je n'avais aimé quelqu'un. Elle ne donne plus signe de vie, j'ai tout essayé. Je lui ai même écrit une lettre mais elle n'y a pas répondu. Elle a changé de

portable. Sa meilleure copine a raccroché lorsque j'ai appelé.

— Ce sont des choses qui arrivent.

— Que dois-je faire ?

— On peut plaider votre cause, vous n'irez
pas en prison. J'ai lu votre dossier.

— Ah ! Bon ?

— Je serai franc : ce que vous m'avez dit est
faux. Ce n'était pas un accident. »

Patrik hésita. Il alluma une seconde cigarette.

« Oui, vous avez raison, dit-il, ce n'était pas un
accident. Pas du tout. Je ne sais pas si je dois vous
dire ce qui s'est réellement passé.

— Les avocats sont tenus au secret professionnel, répondis-je. Tout ce que vous me direz
restera entre nous. Il n'y a que vous qui décidiez
si je peux et avec qui je peux en parler. Même
vos parents ne sauront rien de cette discussion.

— Est-ce que ça vaut aussi pour la police ?

— Ça vaut avant tout pour la police et pour
toute autorité de poursuite pénale. Je suis tenu
de me taire, dans le cas contraire je m'exposerais
moi-même à des poursuites.

— Je ne peux pourtant pas vous en parler »,
dit-il.

Soudainement me vint une idée : « Dans notre
étude, il y a un avocat qui a une fille de cinq ans.
Voilà peu, elle expliquait quelque chose à une
autre enfant. Elles étaient toutes les deux accrou-
pies par terre. C'est une petite fille très active et
elle parlait, et parlait et s'approchait de plus en

plus de sa copine. Elle était si excitée par sa propre histoire qu'elle se trouva bientôt assise sur l'autre petite. Elle ne cessait de babiller et, d'un coup, elle n'en put plus : elle a enlacé sa copine et l'a mordue à la gorge, de joie et d'enthousiasme. »

Je sentais que ça travaillait Patrik. Il luttait contre lui-même. Puis il dit :

« J'ai voulu la manger.

— Votre amie ?

— Oui.

— Et pourquoi vouliez-vous faire ça ?

— Vous ne la connaissez pas. Vous auriez dû voir son dos, rien qu'une fois. Ses omoplates qui se terminaient en pointe, sa peau ferme et tendre. La mienne est pleine de pores, presque comme des trous, la sienne est épaisse et lisse. Elle est recouverte d'un très fin duvet blond. »

J'essayai de me remémorer la photo de son dos versée au dossier.

« Était-ce la première fois ? demandai-je.

— Oui. Juste une fois, avant, mais c'était pas si intense. C'était pendant nos vacances en Thaïlande, lorsque nous étions allongés sur la plage. Là, je l'avais mordue un peu trop fort.

— Comment comptiez-vous faire cette fois-ci ?

— Je n'en sais rien… je crois que je voulais juste en couper un petit bout.

— Avez-vous déjà voulu manger quelqu'un d'autre ?

— Non, bien sûr que non. Ce n'est qu'elle,

seulement elle. » Il tira sur sa cigarette. « Suis-je fou ? Je ne suis pourtant pas un Hannibal Lecter, hein ? Dites ? » Il avait peur de lui-même.

« Non, vous n'en êtes pas un. Je ne suis pas médecin. Je crois cependant que vous vous êtes complètement abandonné à l'amour que vous lui portez, beaucoup trop. Vous le savez bien, Patrik, c'est même vous qui le dites. Je pense que vous êtes très malade. Vous devez vous faire aider. Et sans plus attendre. »

Il y a plusieurs sortes de cannibalisme. Un homme en mange un autre, pour des raisons rituelles ou, comme ici, à cause de troubles sévères de la personnalité qui, souvent, revêtent un caractère sexuel. Patrik croyait qu'Hannibal Lecter était une invention hollywoodienne — il existe pourtant depuis que l'homme est homme. En Steiermark, au XVIII$^e$ siècle, Paul Reisiger mangea six « cœurs sucrés de vierges » — il croyait, s'il en dévorait neuf, qu'il pourrait devenir invisible. Peter Kürten buvait le sang de ses victimes, Joachim Kroll, dans les années 70, mangea au moins huit personnes qu'il avait tuées et Bernhard Oehme dévora sa propre sœur en 1948.

Dans l'histoire du droit on en trouve d'innombrables exemples, tous inimaginables. Lorsqu'en 1924 Karl Denke fut arrêté, l'on trouva dans sa cuisine tous les restes possibles d'hommes : des morceaux de viande dans le vinaigre, un baquet rempli d'os, des casseroles avec de la graisse laissée de côté et un sac avec des centaines de dents. Il portait des bretelles faites de bandes de peau humaine, l'on pouvait y identifier des mamelons. Le nombre exact de victimes? Aujourd'hui encore, on l'ignore.

« Patrik, avez-vous déjà entendu parler de Issei Sagawa, un Japonais?

— Non, c'est qui?

— Sagawa est aujourd'hui critique culinaire à Tokyo.

— Et alors?

— En 1981, à Paris, il a mangé sa petite amie. Il a dit qu'il avait aimé la jeune fille trop intensément.

— L'a-t-il mangée en entier?

— Au moins quelques morceaux.

— Et a-t-il dit comment c'était? »

La voix de Patrik vibra.

« Je ne sais plus exactement. Je crois qu'il a dit qu'elle avait le goût du thon.

— Ah…

— Les médecins diagnostiquèrent à l'époque un lourd dérangement psychotique.

— C'est ce que j'ai?

— Je ne sais pas précisément mais je veux que vous alliez chez un médecin. » J'allumai la lumière. « Attendez s'il vous plaît, je vais vous chercher le numéro des urgences psychiatriques. Si vous le voulez, je vous y conduis.

— Non, dit-il, j'aimerais d'abord réfléchir.

— Je ne peux vous y contraindre, mais, s'il vous plaît, passez demain de bonne heure à l'étude. J'irai avec vous chez un psychiatre correct. Entendu ? »

Il hésita puis dit qu'il viendrait et nous nous sommes levés.

« Puis-je encore vous poser une question ? dit Patrik et il se tut. Que se passera-t-il si je ne vais pas chez un psychiatre ?

— Je crains que ça n'empire », dis-je. J'ouvris de nouveau la porte de l'étude pour aller chercher le numéro de téléphone et y replacer le cendrier. À mon retour dans la cage d'escalier, Patrik n'était plus là.

Il ne vint pas le lendemain. Une semaine plus tard je reçus une lettre et un chèque de sa mère. Elle me retirait le mandat et, comme son courrier était également signé de Patrik, il était valable. J'appelai Patrik mais il ne voulait pas parler avec moi. Finalement, je me retirai de la défense.

Deux ans plus tard, je tenais une conférence à Zurich. Au cours d'une pause, un avocat de Saint-Gall, d'un certain âge, vint me voir. Il me cita le nom de Patrik et me demanda s'il avait été mon client — Patrik lui avait dit quelque chose dans le genre. Je demandai ce qui s'était passé. Le confrère me dit : « Il y a deux mois, Patrik a tué une serveuse, le mobile en est encore complètement obscur. »

# L'ÉTHIOPIEN

L'homme blafard était assis au milieu du gazon. Il avait un visage étrangement tordu, les oreilles décollées et les cheveux roux. Ses jambes étaient allongées, ses mains, posées sur ses cuisses, étreignaient une liasse de billets. L'homme regardait une pomme gâtée à côté de lui. Il observait les fourmis qui en enlevaient de petits bouts et les emportaient.

Midi venait de sonner, c'était une de ces journées incroyablement chaudes au plus fort de l'été berlinois, une de ces journées où aucun être sensé ne sortirait délibérément de chez lui à midi. La petite place entre les immeubles avait été créée artificiellement par des urbanistes, les constructions de verre et d'acier réfléchissaient le soleil et la chaleur s'abattait sur le sol. L'arroseur automatique était tombé en panne, l'herbe brûlerait jusqu'au soir.

Personne ne faisait attention à l'homme, même lorsque l'alarme de la banque située en face retentit. Les trois voitures de police qui arri-

vèrent dans la lancée filèrent à toute vitesse devant lui, des policiers entrèrent en trombe dans
la banque, d'autres encerclèrent la place ; il y en
avait de plus en plus.

Une dame en tailleur sortit de la banque avec
des policiers. Elle mit une main au-dessus de ses
yeux pour se protéger du soleil, fouilla l'herbe
du regard, puis finit par désigner l'homme blafard. Le flot d'uniformes verts et bleus prit subitement forme en direction de sa main tendue.
Les policiers interpellèrent l'homme, l'un d'eux
sortit son arme de service et lui hurla de lever les
mains.

L'homme n'eut pas de réaction. Un sous-officier (il avait passé toute la journée au poste à
écrire des rapports, il s'était ennuyé) courut à lui ;
il voulait être le premier. Il se jeta sur l'homme
et lui tordit le bras droit dans le dos. Des billets
s'éparpillèrent dans les airs, on cria des ordres
auxquels personne n'accordait d'attention puis,
tous, ils furent autour de lui à rassembler l'argent. L'homme était couché sur le ventre, le
policier avait son genou dans son dos et lui écra-
sait le visage dans l'herbe. La terre était chaude.
Entre les bottes, l'homme pouvait de nouveau
voir la pomme. Imperturbables, les fourmis conti-
nuaient leur travail. Il respirait l'odeur de l'herbe,
de la terre et de la pomme gâtée. Il ferma les
yeux ; il se retrouva de nouveau en Éthiopie.

Sa vie débuta comme un mauvais conte : il fut abandonné. On le déposa dans une baignoire en plastique, d'un vert vif, sur les marches de la cure d'une modeste paroisse, dans les environs de Giessen. Le nouveau-né reposait sur une couverture crasseuse, il était frigorifié. Celui ou celle qui l'avait déposé ainsi n'avait rien laissé : ni lettre, ni photo, ni souvenir. On trouvait ce genre de baignoire dans toute grande surface, la couverture faisait partie d'un stock de la Bundeswehr.

Le curé en informa immédiatement la police : on ne retrouva pas la mère. Le bébé alla dans un orphelinat et, trois mois plus tard, les autorités donnèrent leur feu vert à l'adoption.

Les Michalka n'avaient pas d'enfants ; ils le recueillirent et le baptisèrent du nom de Frank Xaver. Ils étaient taciturnes, des gens durs, des cultivateurs de houblon. Ils venaient d'un coin tranquille dans les environs de Oberfranken, ils n'avaient aucune expérience des enfants. Son père adoptif serinait : « La vie, c'est pas une sinécure », tout en tirant sa langue bleuâtre il la passait sur ses lèvres. Il traitait avec le même respect et la même dureté hommes, bétail et pieds de houblon. Il sermonnait sa femme quand celle-ci se montrait trop tendre avec le gosse. « Tu me le pourris », disait-il en pensant aux bergers qui, jamais, ne caressent leurs chiens.

On le moqua au jardin d'enfants. À six ans, il alla à l'école. Rien ne lui souriait. Il était laid, trop grand et, par-dessus tout, trop farouche. L'école était trop dure pour lui, son orthographe était catastrophique : dans presque toutes les matières il rendait les plus mauvaises copies. Les filles avaient peur de lui ou étaient rebutées par son apparence. Il manquait d'assurance — ce qui le rendait bravache. Ses cheveux en faisaient un paria. La plupart le prenaient pour un débile, seule sa professeur d'allemand disait qu'il avait d'autres dons. Parfois, elle lui faisait faire de menues réparations chez elle et lui offrit son premier couteau de poche. Pour Noël, Michalka lui bricola un moulin à vent en bois. Les ailes tournaient quand on soufflait dessus. La professeur épousa un homme de Nuremberg et quitta le village pendant les vacances d'été. Elle n'en avait soufflé mot au jeune homme et lorsque, après ça, il se rendit chez elle, il trouva le moulin devant la maison, dans une benne de gravats.

Michalka redoubla deux fois. Après avoir obtenu son certificat d'études primaires, il quitta l'école et commença un apprentissage de menuisier dans la grande ville la plus proche. Maintenant, plus personne ne le moquait : il faisait 1,97 mètre. Il ne dut sa réussite à l'examen professionnel qu'en raison de ses prouesses dans la partie technique. Il fit son service militaire dans un régiment des communications basé dans les environs de Nuremberg. Il se brouilla avec ses supérieurs et passa une journée au trou.

Après son service, il gagna Hambourg en stop. Il avait vu un film dont l'action s'y passait : il y avait là-bas de belles filles, de larges rues, un port et une vraie vie nocturne. Là-bas, tout devait être mieux ; « sur Hambourg souffle un vent de liberté », avait-il lu quelque part.

Le propriétaire d'une entreprise de menuiserie de Fuhlsbüttel l'embaucha et mit à sa disposition une chambre au-dessus de l'atelier. La chambre était propre, Michalka adroit, on était content de lui. Même si les concepts lui faisaient souvent défaut, il comprenait les dessins techniques, les corrigeait et savait les exécuter. Le jour où quelqu'un déroba de l'argent dans une armoire métallique de l'entreprise, il fut congédié. Il était le dernier à avoir été embauché et, jamais auparavant, il n'y avait eu de vols. Deux semaines plus tard, la police trouva le coffret avec l'argent dans l'appartement d'un drogué — Michalka n'était pour rien dans l'affaire.

Sur la Reeperbahn, il rencontra un camarade de régiment qui lui dégota un boulot de factotum dans un bordel. Michalka se transforma en bonne à tout faire. Il découvrit les bas-fonds de la société : maquereaux, usuriers, prostituées, drogués, casseurs. Autant qu'il le pût, il s'en tint à distance. Ça faisait maintenant deux ans qu'il vivait dans une chambre au sous-sol du bordel ; il se mit à boire. Il ne pouvait pas supporter la misère qui l'entourait. Les filles du bordel l'appréciaient, elles lui racontaient leurs malheurs ; c'était beaucoup trop pour lui. Il contracta des dettes auprès des mauvaises personnes. Comme il ne pouvait les rembourser, les intérêts grimpèrent. On le tabassa, il fut laissé pour mort dans un hall d'entrée, il fut appréhendé par la police. Michalka savait que sa descente aux enfers n'était pas finie.

Il décida de tenter sa chance à l'étranger, dans n'importe quel pays, ça lui était égal. Il n'y réfléchit pas davantage. Il prit un bas à l'une des filles du bordel. Il entra dans la caisse d'épargne, le déroula sur son visage ainsi qu'il l'avait vu faire dans un film, menaça la guichetière d'un pistolet en plastique et prit 12 000 marks. La police boucla les rues et contrôla chaque piéton alors que Michalka, presque en transe, prenait place dans le bus pour l'aéroport. Il acheta un billet en classe économique pour Addis-Abeba : il croyait que la ville se trouvait en Asie — en tout cas, qu'elle était très loin. Personne ne l'arrêta. Quatre heures après le braquage, il était assis dans l'avion avec pour seul bagage un sac en plastique. Lorsque l'appareil décolla, il prit peur.

Après un vol de dix heures, le premier de sa vie, il atterrit dans la capitale éthiopienne. À l'aéroport, il acheta un visa valable six mois.

Cinq millions d'habitants, 60 000 enfants des
rues, prostitution, petite délinquance, pauvreté,
d'innombrables mendiants, des estropiés sur les
accotements, exhibant leur handicap pour pro-
voquer la pitié. En trois semaines, Michalka en
fut certain : la misère de Hambourg valait bien
celle d'Addis-Abeba. Il tomba sur quelques Allemands, une colonie de naufragés. Les condi-
tions d'hygiène étaient catastrophiques, Michalka
contracta le typhus, il eut de la fièvre, des érup-
tions cutanées et la diarrhée, jusqu'à ce qu'une
connaissance lui dénichât une sorte de médecin
qui lui administra des antibiotiques. Derechef,
Michalka était au fond du gouffre.

Il était maintenant certain que le monde
n'était rien d'autre qu'une décharge. Il n'avait
pas d'amis, pas de perspectives, rien qui pût le
faire tenir. Au bout de six mois passés à Addis-
Abeba il décida de mettre fin à ses jours : un
suicide de plus dans les statistiques. Mais, tout
du moins, il ne voulait pas mourir dans les im-
mondices. Il restait encore 5 000 marks de l'argent volé. Il prit le train en direction de Djibouti.
Quelques kilomètres après Dire Dawa il commença sa marche à travers les pâturages. Il dormait à même le sol ou dans des bouges exigus,
un moustique le piqua qui lui transmit la malaria.
Il prit un bus en direction des hauts plateaux ; au
cours du trajet, la malaria se déclara, les frissons

apparurent. Quelque part, il ignorait où, il descendit, marcha vaseux et malade à travers les plantations de café ; sa vue se brouillait, le monde s'estompait. Il s'effondra et tomba à terre entre les caféiers. Avant de perdre connaissance, sa dernière pensée fut : C'était vraiment que de la merde. Tout.

Michalka se réveilla entre deux accès de fièvre. Il réalisa qu'il était couché dans un lit, qu'un médecin et de nombreuses personnes étrangères se tenaient autour de lui. Ils étaient tous noirs. Il comprit que ces hommes l'aidaient et replongea dans ses hallucinations fiévreuses. La malaria était grave. Ici, sur les hauts plateaux, il n'y avait pas de moustiques mais l'on connaissait bien la maladie et on savait la soigner. L'étranger bizarre trouvé dans la plantation survivrait.

La fièvre se calma lentement, Michalka dormit presque vingt-quatre heures. À son réveil, il était seul dans une pièce badigeonnée de blanc. On avait lavé sa veste et son pantalon. Ils étaient posés proprement sur la seule chaise de la chambre, le sac à dos était à côté. Lorsqu'il essaya de se lever, ses jambes se dérobèrent, un voile noir lui obstrua la vue. Il s'assit sur le lit et resta un quart d'heure ainsi. Puis il essaya encore. Il devait aller aux toilettes sans plus attendre. Il ouvrit la porte et passa dans le couloir. Une dame vint à lui, agita éperdument les bras et secoua la tête :

« *No, no, no.* » Elle se cambra devant lui et le contraignit à regagner la chambre. Il lui fit clairement comprendre que c'était urgent, elle acquiesça et montra le baquet sous le lit. Il trouva la femme belle. Il se rendormit.

À son second réveil, il se sentait mieux. Il regarda dans son sac à dos, l'argent était encore au complet. Il pouvait quitter la chambre. Il était seul dans la minuscule maison qui comptait deux pièces et une cuisine. Tout ici était propre et ordonné. Il sortit de la maison et arriva sur une place de village. L'air était vivifiant et agréablement frais. Des enfants affluèrent vers lui. Ils riaient. Ils voulaient toucher ses cheveux roux. Lorsqu'il eut compris, il s'assit sur une pierre et les laissa faire. Les enfants étaient aux anges. Au bout d'un moment arriva la jeune femme chez qui il habitait. Elle rouspéta et le tira, le ramena dans la maison et lui donna des galettes de blé. Il n'en laissa pas une miette. Elle lui souriait.

Peu à peu, il se familiarisa avec le village des planteurs de café. Ils l'avaient trouvé dans la plantation, l'avaient transporté et étaient allés chercher un médecin à la ville. Ils étaient bienveillants. Après qu'il eut repris des forces, il voulut aider. Les paysans furent d'abord étonnés puis ils acceptèrent.

Six mois plus tard, il vivait encore chez son hôtesse. Il apprit lentement sa langue. D'abord son nom : Ayana. Dans un calepin, il nota du vocabulaire en transcription phonétique. Ils riaient lorsqu'il faisait des fautes de prononciation. Parfois, elle passait sa main dans ses cheveux roux. Un jour, ils s'embrassèrent. Ayana avait vingt et un ans. Son mari était décédé deux ans auparavant, à la suite d'un accident dans la capitale de province.

Michalka songeait à la culture de café. La récolte était pénible et se faisait à la main entre octobre et mars. Il comprit vite le problème ; le village était le dernier maillon de la chaîne commerciale. L'homme qui venait chercher les fèves de café séchées gagnait davantage et avait moins de travail. Mais cet homme possédait un vieux camion et, au village, personne ne pouvait conduire d'auto. Pour 1 400 dollars, Michalka acheta un assez bon véhicule, il transportait en personne la récolte à l'usine. Il multiplia les bénéfices par neuf et les partagea entre les paysans. Puis il enseigna la conduite à Dereje, un jeune homme du village. Dereje et lui-même allaient maintenant chercher les fèves de café dans les villages environnants, ils en donnaient aux paysans trois fois le prix payé par le passé. Bientôt, ils eurent de quoi acheter un deuxième camion.

Michalka se demanda comment on pouvait rendre le travail plus facile. Il se rendit dans la capitale de province, acheta un générateur diesel antédiluvien et construisit au moyen de jantes de voiture utilisées et de câbles d'acier un monocâble entre la plantation et le village. Il assembla de grands coffrets en bois pour en faire des bennes de transport. Le câble se rompit deux fois avant qu'il ne trouve les espacements idoines entre les bennes et les eût renforcées avec des potences métalliques. Le doyen du village observait ses tentatives avec défiance mais, lorsque le monocâble fonctionna, il fut le premier à congratuler Michalka d'une tape amicale dans le dos. On transportait alors les cerises de café plus rapidement, les paysans ne devaient plus les charrier sur le dos jusqu'au village. La récolte allait plus vite, le travail était plus agréable. Les enfants aimaient le monocâble ; ils peignirent des visages, des animaux et un homme aux cheveux roux sur les bennes de transport.

Michalka voulait encore améliorer le rendement de la récolte. Les paysans étalèrent les cerises de café sur des châssis et les retournèrent pendant cinq semaines jusqu'à ce qu'elles fussent presque tout à fait déshydratées. Les châssis étaient disposés devant des cases ou sur leurs toits. Les cerises de café moisissaient lorsqu'elles prenaient l'humidité, il fallait les étaler en fines couches sinon tout pourrissait. C'était un labeur pénible que chacun devait faire pour soi-même. Michalka acheta du ciment pour faire du béton. Devant le village, il bâtit une aire de séchage sur laquelle tous les paysans du village pouvaient entreposer la récolte. Il construisit de grands râteaux : dès lors, les paysans retournèrent les cerises ensemble. Au-dessus de la dalle, ils tendirent une protection contre la pluie faite d'une bâche transparente en plastique blanc, en dessous les cerises se déshydrataient plus vite. Les paysans étaient satisfaits : il y avait moins de travail, plus rien ne pourrissait.

Michalka comprit que l'on pouvait encore améliorer la qualité du café à condition de ne plus préparer les fèves que par simple séchage. Le village était situé à côté d'un ruisseau d'eau de source claire. Il lava des cerises de café frais à la main et les tria dans trois citernes. Pour trois fois rien, il se procura auprès d'un négociant une machine qui enlevait la chair des fèves. Les premières tentatives ne furent pas concluantes, les fèves ainsi dépulpées cuvaient trop longtemps et étaient trop fermentées. Il comprit qu'il fallait absolument tenir l'installation propre : qu'une seule fève restât dedans, alors tout le processus pouvait s'en trouver altéré. Enfin, il réussit. Il lavait les cerises de café ainsi préparées et se débarrassait de l'enveloppe charnue des fèves — elle avait un aspect de parchemin. Il délimita une petite zone sur la dalle en béton et les fit sécher. Lorsqu'il porta un sac de ces fèves au négociant, il les lui acheta trois fois plus cher. Michalka expliqua son procédé aux paysans. Grâce au monocâble ils pouvaient rapporter la récolte si rapidement que les cerises, en à peine douze heures, passaient par le processus du lavage. Au bout de deux ans, le village produisait les meilleures fèves de café de tous les alentours.

Ayana tomba enceinte. Ils se réjouissaient de leur enfant. Leur bébé, ils l'appelèrent Tiru, c'était une fille. Michalka était fier et heureux. Il savait qu'il devait sa vie à Ayana.

Le village devint prospère. Au bout de trois ans, il y avait cinq camions, la récolte était parfaitement organisée, les plantations des paysans s'agrandissaient, ils avaient mis en place un système d'irrigation et planté des arbres pour protéger du vent. Michalka était considéré, il était connu de tout le pays. Une partie des profits des paysans était versée dans une caisse commune. Michalka était allé chercher une jeune professeur à la ville et faisait en sorte que les enfants du village apprennent à lire et à écrire.

Lorsqu'une personne du village tombait malade, Michalka s'en occupait. Le médecin constitua une pharmacie de secours et enseigna à Michalka des rudiments de médecine. Il apprit vite, il vit comment traiter les septicémies et il aidait pendant les accouchements. Le soir, le médecin restait souvent chez Michalka et Ayana ; il leur parlait de la longue histoire de l'Éthiopie, cette terre biblique. Ils devinrent amis.

S'il y avait des querelles, on prenait conseil

auprès de l'homme roux. Michalka ne se laissait pas corrompre, il rendait son jugement à la manière d'un bon juge, sans prendre en compte les appartenances à telle tribu ou à tel village. Ils lui faisaient confiance.

Il avait refait sa vie, il aimait Ayana et elle l'aimait en retour, Tiru grandissait et était en bonne santé. Michalka ne pouvait réaliser sa chance. Parfois encore, mais c'était de plus en plus rare, il faisait des cauchemars. Ayana se réveillait alors et le cajolait. Elle disait qu'il n'y avait pas de passé dans sa langue. Michalka, au fil des années passées à ses côtés, s'était adouci, il était plus calme.


Un jour, l'administration s'intéressa à lui. On voulait voir son passeport. Son visa n'était plus valable depuis belle lurette, il vivait en Éthiopie depuis six ans déjà. Avec politesse, on insista pour qu'il se rendît dans la capitale afin de clarifier sa situation. En prenant congé, Michalka avait un mauvais pressentiment. Dereje le conduisit à l'aéroport, sa famille lui fit des signes d'au revoir, Ayana pleurait.

À Addis-Abeba, on l'envoya à l'ambassade allemande. Un fonctionnaire regarda dans l'ordinateur et disparut avec son passeport. Michalka dut attendre une heure. Lorsque le fonctionnaire réapparut, il avait un air grave et était accompagné de deux agents de la sûreté. Il fut arrêté, le fonctionnaire lui lut le mandat d'arrêt délivré par un juge de Hambourg. Braquage de banque : les empreintes digitales laissées sur le guichet de la banque avaient permis de le confondre. Ses empreintes étaient enregistrées parce qu'un jour il avait été impliqué dans une bagarre. Michalka essaya de se dégager. Il fut mis à terre, on lui passa les menottes. Après une nuit passée dans la cellule de la cave de l'ambassade il s'envola en compagnie de deux agents vers Hambourg et fut déféré devant le juge d'instruction. Trois mois plus tard, il fut condamné à la peine minimale de cinq ans. Le jugement était clément parce que les faits remontaient à longtemps et que Michalka n'avait pas d'antécédents.

Il ne pouvait pas écrire à Ayana — d'ailleurs, il n'y avait jamais eu d'adresse. L'ambassade allemande d'Addis-Abeba ne pouvait ou ne voulait pas lui venir en aide. Bien sûr, il n'y avait pas le téléphone dans le village. Il n'avait pas de photo. Il parlait à peine et devint solitaire. Les jours passèrent, puis les mois, puis les années.


Au bout de trois ans, pour la première fois, il eut un droit de sortie dans le cadre du réaménagement de sa peine. Il voulait rentrer chez lui, sans plus attendre ; il ne supporterait pas de retourner en prison. Mais il n'avait ni argent pour le vol ni passeport. Il savait comment se procurer l'un et l'autre. En prison, il avait entendu le nom d'un faussaire de Berlin. Il s'y rendit donc en stop. Entre-temps, on le recherchait de nouveau. Il trouva le faussaire : celui-ci voulait d'abord voir l'argent. Michalka avait trois fois rien.

Il était désespéré. Il erra pendant trois jours à travers la ville, sans manger ni boire. Il était déchiré, il ne voulait pas commettre un autre délit mais il devait rentrer chez lui, auprès des siens, auprès d'Ayana et de Tiru.

Sur un coup de tête, il acheta un pistolet pour enfant avec les derniers sous qui lui restaient de sa détention. Il entra dans la première banque qu'il rencontra. Il regarda la caissière, il tenait le canon du pistolet vers le bas. Sa bouche était sèche. Il dit à voix basse : « J'ai besoin d'argent, excusez-moi, j'en ai vraiment besoin. » Tout d'abord elle ne le comprit pas puis lui donna l'argent. Plus tard, elle dirait qu'elle avait eu « pitié ». Elle prit l'argent de la pile destinée aux braquages et, ce faisant, déclencha une alarme silencieuse. Il le prit, posa le pistolet sur le guichet et dit : « Je suis vraiment désolé. Excusez-moi s'il vous plaît. » Devant la banque se trouvait un carré de gazon vert. Il ne pouvait plus courir. Il marchait tout doucement. Puis il s'assit et se contenta d'attendre. Pour la troisième fois, Michalka était au fond du gouffre.

Un codétenu de Michalka me pria d'assurer sa défense. Il me dit qu'il connaissait Michalka de

Hambourg et qu'il prenait les frais à sa charge. Je lui rendis visite dans la maison d'arrêt du Moabit. Il posa devant moi le mandat d'arrêt rédigé sur le traditionnel papier rouge que la justice utilise dans ce cas : braquage de banque auquel s'ajoutaient les vingt mois non encore purgés de la peine à laquelle on l'avait condamné à Hambourg. Toute défense semblait vaine : Michalka avait été pris en flagrant délit et c'était le même délit que celui pour lequel on l'avait déjà condamné. Tout tournerait donc autour du quantum de la peine ; et il serait nécessairement très élevé. Mais il y avait quelque chose chez Michalka qui m'impressionnait, quelque chose était différent dans cette affaire. Ce type n'était pas un braqueur ordinaire. J'assurai donc sa défense.

Au cours des semaines suivantes, je rendis souvent visite à Michalka. Au début, il me parlait à peine. Il avait l'air de s'être coupé de tout. Au fil du temps, il s'ouvrit un peu et me raconta lentement son histoire. Il ne voulait rien révéler, il pensait trahir sa femme et sa fille en citant leurs noms en prison.


La défense peut requérir qu'un psychiatre ou un psychologue examine le prévenu. Le tribunal va suivre une telle requête s'il s'agit de mettre en évidence des faits qui suggèrent que le prévenu souffre d'une maladie psychique, d'un dérangement ou d'une particularité quelconque. Bien sûr, l'examen de l'expert n'est pas contraignant pour le tribunal — le psychiatre ne peut *décider* si un prévenu est irresponsable ou si sa responsabilité est atténuée. Seul le tribunal peut en juger. Mais l'expert aide le tribunal, il livre aux juges des données scientifiques.

Il était manifeste que Michalka, au moment des faits, souffrait d'un traumatisme ; personne ne s'excuse lors d'un braquage, ne s'assoit avec le butin dans un pré en attendant son arrestation. Le tribunal mandata un expert psychiatrique et, deux mois plus tard, on avait le rapport d'expertise écrit. Le psychiatre considérait que Michalka avait souffert d'une entrave du contrôle de ses actes.

Le procès se déroula cinq mois après l'arrestation de Michalka. Aux côtés de la présidente, un juge assez jeune et ses deux assesseurs siégeaient au tribunal correctionnel. La présidente n'avait prévu qu'un seul jour d'audience.

Michalka avoua le braquage. Sa voix était hésitante, il parlait trop doucement. Les policiers rapportèrent l'arrestation de Michalka. Ils décrivirent comment il s'était assis dans l'herbe. Le sous-officier qui l'avait « neutralisé » dit que Michalka n'avait opposé aucune résistance.

La guichetière dit qu'elle n'avait pas eu peur, que le voleur lui avait plutôt fait pitié, qu'il avait l'air si triste ! « Comme un chien », dit-elle. Le procureur lui demanda si, depuis, elle avait peur au travail, si elle avait eu un arrêt de travail, si elle avait dû suivre une thérapie pour victimes. Elle réfuta tout cela. Le braqueur, dit-elle, n'était qu'un pauvre type, plus poli que la plupart des clients. Il était du devoir du procureur de poser ces questions : que le témoin eût vraiment eu peur, alors la peine en aurait été plus élevée.

On examina le pistolet pour enfant, un article bon marché fabriqué en Chine. Il ne pesait que quelques grammes et n'avait pas l'air dangereux. Une juge assesseur le manipula, il glissa, tomba par terre et un bout de plastique se brisa. On ne pouvait pas vraiment prendre une telle arme au sérieux.


Après que l'affaire en elle-même a été tirée au clair, il est de coutume d'interroger le prévenu sur sa « situation personnelle et familiale ».

Michalka avait été presque complètement absent depuis le début, il était laborieux de l'amener à retracer sa vie, ne serait-ce que quelques bribes. Ce ne fut que tout doucement, miette par miette, qu'il essaya de raconter son histoire. Il y réussit à peine, les mots lui manquaient. À l'instar de beaucoup de gens, il éprouvait des difficultés à exprimer ses sentiments. Il sembla plus simple de laisser l'expert psychiatrique rapporter le déroulement de la vie du prévenu.

Le psychiatre s'était bien préparé : il décrivit la vie de Michalka dans ses moindres détails. Le tribunal savait déjà tout cela grâce au rapport d'expertise écrit mais, pour les juges assesseurs, c'était nouveau. Ils étaient attentifs. Le psychiatre avait interrogé Michalka au cours d'un nombre inhabituellement élevé de séances. Lorsqu'il en eut fini, le président s'adressa à Michalka et lui demanda si l'expert avait été fidèle à la réalité. Michalka acquiesça : « Oui, en effet. »

Puis l'on demanda à l'expert son estimation scientifique de l'état psychique du prévenu lors de l'attaque de la banque. Le psychiatre expliqua que les trois jours de pérégrination dans la ville, au cours desquels Michalka n'avait ni mangé ni bu, avaient considérablement altéré le contrôle de ses actes. Michalka n'était quasiment plus conscient de ce qu'il faisait, dit-il, et lui-même n'avait pu précisément contrôler ses actes. On en avait fini avec l'administration de la preuve.

Au cours d'une pause pendant l'audience, Michalka dit que ça n'avait vraiment aucun sens de se donner autant de mal pour lui, qu'il serait de toute façon condamné.

Dans un procès pénal, le Parquet plaide en premier. Contrairement aux États-Unis ou à l'Angleterre, le Parquet ne constitue pas une partie :

il est donc tenu d'être neutre. Il est objectif, il mentionne aussi des éléments à décharge. Il ne gagne ni ne perd ; le Parquet n'a d'autre passion que la loi. Il ne sert que le droit et la justice. Tout du moins, il en va ainsi en théorie. D'une manière générale, ça vaut aussi au cours de l'instruction préparatoire. Mais dans le feu d'un procès il est fréquent que les relations changent et que l'objectivité commence à en pâtir. C'est humain — le ministère public reste le ministère public et il est plus que difficile de porter une accusation tout en restant neutre. Peut-être est-ce une erreur matricielle de notre code de procédure pénale, peut-être, tout simplement, la loi est-elle trop exigeante.

Le procureur requit neuf ans à l'encontre de Michalka. Il dit qu'il ne croyait pas à l'histoire que Michalka avait racontée. Il la trouvait « trop fantasque, probablement inventée de toutes pièces ». Il ajouta qu'il ne souscrivait pas à l'atténuation de la responsabilité, parce que les explications du psychiatre ne reposaient que sur les dires du prévenu, qu'elles ne justifiaient donc rien. La seule chose avérée était que Michalka avait commis une attaque de banque. « La peine minimale prévue par la loi pour un braquage de banque est de cinq ans, dit-il. C'est déjà la deuxième fois que le prévenu commet ce délit. Les seules circonstances atténuantes que l'on puisse prendre en compte sont que le butin fut récupéré et qu'il est passé aux aveux. Neuf ans sont donc requis en considération des faits et de la responsabilité du prévenu. »

Bien entendu, que l'on *croie* ou non les dires d'un prévenu n'a aucune espèce d'importance. Devant un tribunal, seules les preuves ont une importance. Le prévenu a l'avantage dans ce domaine : il ne doit pas produire de preuves. Ni à propos de son irresponsabilité ni à propos de la justesse de ses déclarations. Mais pour le Parquet et la Cour, d'autres règles sont en vigueur : ils ne doivent rien affirmer qu'ils ne peuvent justifier. Ça a l'air bien plus simple que ça ne l'est réellement. Personne n'est suffisamment objectif pour pouvoir constamment démêler les soupçons des preuves. Nous tenons quelque chose pour certain, nous n'en démordons pas et, souvent, il est très difficile de repartir sur des bases justes.

Aujourd'hui, les plaidoyers ne sont plus décisifs au cours d'un procès. Le Parquet et la défense ne s'adressent pas aux jurés mais aux juges et à ses assesseurs. Chaque fausse note, chaque effet de manche et chaque formulation alambiquée est insupportable. Les discours grandiloquents font partie des siècles passés. Les Allemands n'aiment plus le pathos ; tout bonnement parce qu'il y en a eu beaucoup trop.

Mais, de temps à autre, on peut se permettre une petite mise en scène, une dernière requête inattendue. Michalka lui-même ne savait rien de ce qui allait se passer.

J'avais une connaissance qui travaillait dans les services diplomatiques, elle était basée au Kenya et me vint en aide. Après bien des détours, elle avait trouvé l'ami de Michalka, le médecin de la capitale de province. Le médecin parlait un anglais parfait, je lui avais téléphoné et l'avais prié de venir déposer à la barre. Lorsque je lui avais proposé de prendre à ma charge le billet d'avion, il m'avait ri au nez. Il m'avait dit être si heureux que son ami fût encore en vie qu'il irait n'importe où pour le voir. Et maintenant, il se trouvait devant la porte de la salle d'audience et il attendait.

D'un coup, Michalka fut tout à fait réveillé. Il bondit lorsque le médecin entra dans la salle, il voulut aller à sa rencontre, les larmes coulaient à flots. Les gardes le tenaient fermement mais le président leur fit signe de le laisser. Les deux amis s'enlacèrent au milieu de la salle d'audience, Michalka arracha son frêle ami du sol et le pressa contre lui. Le médecin avait apporté une vidéo, on envoya un policier chercher un magnétoscope. Nous avons alors vu le village, le monocâble, les camions, des enfants bruyants et des adultes qui, tout en riant, faisaient des signes à la caméra et criaient : « Frroank, Frooank. » Puis l'on finit par voir Ayana et Tiru. Michalka pleurait et riait et pleurait de nouveau. Il n'était pas du tout dans son assiette. Il était assis à côté de son ami et, de ses énormes mains, lui broyait presque les doigts. La présidente et l'une des juges assesseurs avaient des larmes dans les yeux. C'était tout sauf une scène typique de tribunal.

Notre droit pénal repose sur la culpabilité pour faute d'intention. Nous punissons d'après la culpabilité d'un homme, nous nous demandons dans quelle mesure nous pouvons lui imputer ses actes. C'est compliqué. Au Moyen Âge, c'était plus simple, on ne punissait qu'en fonction du délit ou du crime : on coupait la main d'un voleur. Sans exception. Qu'importe qu'il eût volé par cupidité ou pour ne pas mourir de faim. Jadis, punir était une sorte de mathématique : à chaque action correspondait une peine clairement définie au préalable. Notre droit pénal d'aujourd'hui est plus intelligent, il appréhende la vie avec plus de justice mais il est aussi plus compliqué. En effet, un braquage de banque n'est pas toujours qu'un braquage de banque. Que pouvions-nous bien reprocher à Michalka ? N'avait-il pas fait ce qui sommeille en nous tous ? Aurions-nous vraiment agi différemment à sa place ? N'est-ce pas ce à quoi tendent tous les hommes : retourner auprès de ceux qu'ils aiment ?

Michalka fut condamné à une peine de deux ans. Une semaine après le procès, je croisai la présidente dans un des grands couloirs du Moabit. Elle me dit que les juges assesseurs s'étaient cotisés pour lui acheter un billet d'avion.

Après que Michalka eut purgé la moitié de sa peine, il fut mis en liberté conditionnelle. Le président du tribunal chargé de l'application des peines, une sorte de Stechlin à la Fontane, se fit raconter une fois de plus toute l'histoire et grommela simplement : « Belle affaire. » Puis il ordonna l'élargissement.

Aujourd'hui, Michalka vit de nouveau en Éthiopie, il a pris la nationalité du pays. Entretemps, Tiru a eu un frère et une sœur. Parfois, Michalka me téléphone. Il dit toujours qu'il est heureux.

*Ceci n'est pas une pomme* *.

* En français dans le texte.

# DU MÊME AUTEUR

*Aux Éditions Gallimard*

CRIMES (Folio n° 5452).
COUPABLES.

# COLLECTION FOLIO

*Dernières parutions*